AF554226

NOTICE HISTORIQUE

SUR LA

COMMUNE D'ACQUIGNY

AVANT 1790.

ÉVREUX. — IMPRIMERIE DE CANU, RUE CHARTRAINE.

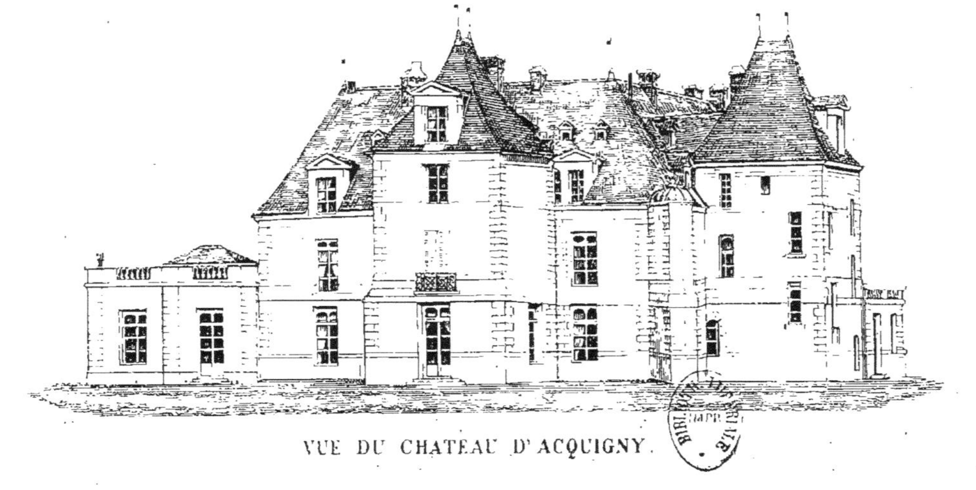

VUE DU CHATEAU D'ACQUIGNY.

NOTICE HISTORIQUE

SUR LA

COMMUNE D'ACQUIGNY

AVANT 1790

CONTENANT

OUTRE LES FAITS HISTORIQUES, LA TOPOGRAPHIE FÉODALE,
LA DESCRIPTION DES MONUMENTS,
LA SUITE DES BARONS ISSUS DES FAMILLES DE TOSNY, ROYE, MONTMORENCY,
LAVAL, LÉON, ROHAN, SILLY, DE GONDY, ETC.,
AVEC CINQ GRAVURES ET UN GRAND NOMBRE DE DOCUMENTS INÉDITS.

PAR

L'ABBÉ P.-F. LEBEURIER,

ancien élève de l'Ecole des chartes, chanoine honoraire d'Évreux
et archiviste de l'Eure.

ÉVREUX

HUET, rue Chartraine, 12

PARIS

DUMOULIN, quai des Augustins, 13

ROUEN

LEBRUMENT, quai Napoléon, 45

M DCCC LXII

PRÉFACE

Le travail qui va suivre fait partie des notices historiques sur toutes les communes du département de l'Eure que nous nous proposons de rédiger. Les trois premières ont déjà paru dans l'Annuaire administratif, statistique et historique de ce département, dont la publication a été reprise, en 1862, sous le haut patronage et par l'initiative de M. Janvier de la Motte, Préfet de l'Eure. L'importance relative de celle d'Acquigny et les conseils de quelques amis nous ont déterminé à la publier à part dans le format in-octavo.

Cette commune possédait, avant 1790, un prieuré, dit de S. Mauxe, dont l'histoire complète sera publiée à part ou se rattachera à l'histoire de l'abbaye de Conches dont ce prieuré dépendait ; mais nous en avons tiré tous les faits qui se lient directement à l'histoire d'Acquigny. L'établissement religieux (abbaye, collégiale, prieuré, commanderie, maladrerie, etc.), placé sur le territoire d'une paroisse, mais distinct de l'église paroissiale, a eu sa vie propre, il doit aussi avoir son histoire, bien plus importante souvent que celle de la paroisse.

L'histoire locale a ses conditions particulières. Les faits ne s'y présentent pas d'eux-mêmes comme dans une histoire générale. Il faut les retrouver le plus souvent au moyen d'un mot, d'un nom, d'une ligne disséminés dans les livres et dans les titres manuscrits. Ce n'est qu'en réunissant et en groupant ces minces détails qu'on peut faire revivre le passé d'une commune, lui donner un corps, et porter quelquefois la lumière sur des faits de l'histoire générale. Les explorations topographiques présentent aussi leurs difficultés spéciales. Les monuments disparaissent chaque jour et la différence des mœurs efface jusqu'aux souvenirs. Ainsi nous avons inutilement interrogé plusieurs vieillards d'Acquigny avant de retrouver l'emplacement du Camp-Jaquet et de la Métairie, fiefs qui ont eu cependant leurs seigneurs et ont joui des droits féodaux jusqu'en 1790.

Le concours que nous avons eu le bonheur de rencontrer nous a permis de vaincre les principales difficultés. Madame la comtesse Dumanoir a mis à notre disposition les richesses de son chartrier. M. Bonnin nous a ouvert les trésors de sa collection en même temps qu'il nous aidait des conseils de son amitié. Nos savants confrères, MM. Charles de Beaurepaire, Sainte-Marie-Mévil et A. Canel, nous ont donné plusieurs pièces et d'utiles renseignements. M. le Riche, d'Acquigny, et M. le Curé de la paroisse ont fait de même, et le premier nous a servi de guide dans les explorations topographiques. M. Réné Bonnin, ingénieur distingué, a levé les plans que nous avons fait graver. M. Morise a photographié le château d'Acquigny et l'inscription de S. Mauxe. M. Izarn, enfin, nous a prêté son affectueuse collaboration, et nous pourrions mettre son nom en tête de cette notice, s'il ne s'y rencontrait des lacunes, des imperfections et sans doute aussi des erreurs dont nous devons porter seul la responsabilité.

NOTICE HISTORIQUE

SUR LA

COMMUNE D'ACQUIGNY.

La commune d'Acquigny, canton de Louviers, était, avant la révolution, une paroisse du diocèse d'Evreux, doyenné de Louviers, vicomté et élection de Pont-de-l'Arche, généralité de Rouen. Les moines de Conches y possédaient le prieuré de saint Mauxe et de saint Vénérand, et avaient le patronage de l'église qu'ils échangèrent au XVIIIe siècle avec les seigneurs du lieu. La paroisse comptait 160 feux en 1763 (1).

Cette commune était le chef-lieu d'une ancienne baronie long-temps divisée en plusieurs parties et possédée par d'illustres familles. Elle a eu sur son territoire un prieuré, avec une chapelle fréquentée par beaucoup de pélerins, plusieurs fiefs secondaires et un château-fort qui a soutenu au moyen-âge, non sans éclat, un certain nombre de sièges. Tous ces faits donnent à l'histoire d'Acquigny une importance particulière. Pour plus de clarté, nous la diviserons en chapitres, sans nous éloigner toutefois de l'ordre chronologique.

CHAPITRE Ier.

Histoire d'Acquigny depuis les premiers temps jusqu'au XIe siècle. — Vestiges des Romains. — Propriété confirmée à l'abbaye de Saint-Ouen. — Martyre de S. Mauxe et de S. Vénérand. — Enlèvement de leurs corps au Xe siècle. — Inscription.

C'est vers les limites du territoire d'Acquigny qu'on commence

(1) Pouillés du diocèse d'Evreux.

à remarquer sur le bord de la route d'Evreux à Louviers des tuyaux de terre cuite entourés de ciment et d'une origine évidemment romaine. Ils paraissent avoir été destinés à conduire l'eau de la fontaine de Becdal vers Louviers, dans un lieu qui n'a pas encore été déterminé d'une manière précise. On a aussi trouvé, il y a quelques années, dans l'enclos-même du parc du château d'Acquigny, quelques médailles romaines, entr'autres un Gallien en argent et un Constantin de petit module.

Le titre le plus ancien où il soit fait mention d'Acquigny est un diplôme de Charles-le-Chauve qui confirme en 876 les possessions de l'abbaye de Saint-Ouen, parmi lesquelles on remarque dans la vallée d'Eure : Acquigny (Aciniacus), Chambray, Pinterville et les Damps (2). Cette propriété d'Acquigny par les moines de Saint-Ouen, confirmée en 876, pouvait être beaucoup antérieure, et l'existence d'une église a dû suivre de bien près, sinon précéder, l'arrivée des religieux.

Si on s'en rapporte à une légende évidemment interpolée, mais que l'histoire ne doit pas rejeter absolument, Acquigny serait devenu célèbre, plusieurs siècles avant Charles-le-Chauve, par le martyre de saint Mauxe, de saint Vénérand et de leurs 38 compagnons. Saint Mauxe, d'après ce document, serait un évêque d'origine italienne qui, après avoir souffert pour la foi dans son pays, se serait sauvé dans les Gaules vers le commencement du ve siècle, accompagné de Vénérand, son diacre et son frère par le sang, et de deux prêtres Marc et Etherius. Ils étaient parvenus au confluent de la Seine et de l'Oise lorsqu'ils apprirent que le proconsul Sabinus, auquel ils avaient échappé en Italie, était venu les poursuivre jusque dans les Gaules et arrivait sur leurs pas avec 200 satellites. Ils passèrent la Seine, pénétrèrent dans l'Evrecin et furent atteints par leurs ennemis à Acquigny. Là, Sabinus fit trancher la tête à saint Mauxe, à

(2) Nous croyons du moins reconnaître ces lieux dans le passage suivant du diplôme de Charles-le-Chauve : Cambrosius etiam, Hedanæ oratorium, Perindivillare, Genistosc, Aciniacus, Confluendis, cum omnibus appenditiis earum, Neustria pia, p. 7. D. Pommeraye, Hist. de l'abbaye de St-Ouen, p. 401, donne : Gedanæ et Grenistosæ au lieu de Hedanæ et Genistose.

saint Vénérand et à 38 de ses propres soldats que venaient de convertir les paroles et les miracles du saint évêque. Les deux prêtres, Marc et Etherius, ramenés vers la cité d'Evreux, s'échappèrent dans le trajet et revinrent à Acquigny inhumer les corps des martyrs, non dans le lieu-même où ils avaient souffert, mais dans l'intérieur des murs à demi ruinés d'une ancienne église. C'est l'emplacement actuel du cimetière d'Acquigny où s'élève la chapelle Saint-Mauxe (3).

Quoi qu'il en soit du fond même de la légende, la chronique de Fontenelle nous rapporte que sous le gouvernement de l'abbé Mainard, vers 960, un étranger venu d'au-delà de la mer en France se rendit pendant la nuit à Acquigny, y trouva les corps des deux saints, comme il l'avait appris par révélation, et les emporta secrètement. Mais sur le point de s'embarquer au port de Loge (Caudebequet), il tomba comme un homme ivre et ne put jamais monter dans le bateau sur lequel il devait prendre passage. Conduit au monastère de Fontenelle il lui fallut développer son précieux fardeau et raconter ce qui s'était passé. Les moines en ayant référé à Richard Ier, duc de Normandie, ce prince ordonna que les reliques resteraient au lieu où la volonté divine et celle des saints eux-mêmes les avaient conduites (4), et leur fit bâtir une chapelle de l'un des côtés du chœur de l'église Saint-Vandrille. Plus tard, en 1026 ou 1027, l'abbé

(3) Cette légende tirée d'un manuscrit de la bibliothèque d'Evreux est rejetée comme fabuleuse par les Bollandistes (Bolland., 25 maii). D'après eux, la patrie de ces saints est inconnue, on les aurait appelés martyrs selon l'usage du temps, parce qu'ils seraient morts de mort violente et par la main de voleurs sortis d'une forêt voisine. Les miracles qui illustrèrent leur tombeau les auraient fait honorer comme saints. Mais leur histoire authentique ne commence qu'à l'invention de leur corps au xe siècle. Un passage de la neuvième leçon de l'office des SS. Martyrs, dans le bréviaire de Mathieu des Essarts cité par les Bollandistes, porte : Pagus denique Achiniaco proximus sylva impiorum seu finientium vocatur; ob impietatem illorum qui de sylva illa ex insidiis sanctos adorti sunt; vel ab eorum fine et interitu, quem statim post consummatam contra sanctos persecutionem pertulerunt.

(4) Nous donnons le passage entier de la chronique de Fontenelle, Pièces justif. n° 1.

Girard, après avoir fait placer dans une châsse d'argent les reliques de saint Wulfran, renferma dans une autre châsse les reliques des SS. Mauxe et Vénérand (5).

Après l'enlèvement furtif que nous venons de raconter le tombeau d'Acquigny ne conservait plus que les ossements des 38 compagnons de saint Mauxe et de saint Vénérand et, selon la tradition locale, les chefs de ces deux derniers. On voit encore aujourd'hui, dans l'église de la paroisse, une ancienne inscription latine gravée sur une petite plaque de marbre noir et dont voici la traduction : *Ici est le lieu du tombeau et les restes des saints martyrs Mauxe et Vénérand et de leurs trente-huit compagnons* (6). On la conservait autrefois dans la chapelle du prieuré. Elle est peut-être antérieure à l'enlèvement des corps au xe siècle, et a pu servir à faire reconnaître le tombeau des martyrs, après les ravages des Normands.

CHAPITRE II.

XIe et XIIe siècles. — Acquigny sous les Tosny. — Donations à l'abbaye de Conches. — Château fort. — Incendie du bourg. —Acquigny pris, cédé et repris sous Philippe-Auguste. — Les Tosny se retirent en Angleterre. — Les Poissy. — L'abbaye du Bec.

Les ravages et l'établissement des Normands en Neustrie avaient bouleversé l'état de la propriété dans cette province. Plusieurs abbayes avaient été détruites pour ne plus se relever; d'autres, restaurées par les vainqueurs, étaient rentrées dans une partie de leurs biens, ou avaient reçu de nouvelles terres, pendant que les anciennes restaient aux mains des barons normands. Acquigny était devenu la propriété de la puissante fa-

(5) Beatorum quoque martyrum Maximi et Venerandi decenter reposuit in alio (loculo).—Appendix ad chron., Fontan., cap. 7, apud d'Achery, tom. III, p. 263.

(6) HIC EST LOCVS MARTIRII ET RELIQVIE SANTORVM MARTIRVM MAXIMI ET VENERANDI ET SOCIORVM EORVM TRINGINTA ET OCTO. Voyez la gravure de cette inscription, pièces justif., no 2. D'autres lisent : LOCVS MARTIRVM.

mille des Tosny, et celle-ci y fit bâtir un château fort dont nous verrons bientôt l'existence constatée.

Vers l'an 1035, Roger de Tosny, seigneur de Conches, petit-fils de Malahuce, oncle et compagnon de Rollon, ayant fondé l'abbaye de Conches, lui donna l'église d'Acquigny avec la dîme du blé, du vin, du poisson pêché dans l'Eure et des moulins (7). Il fut l'un des seigneurs opposés à Guillaume-le-Bâtard au commencement de son règne, et mourut vers 1050 avec deux de ses fils Helbert et Hélinant, dans un combat contre Roger de Beaumont (8) qui tenait le parti de Guillaume.

Raoul de Tosny, porte-étendard de la Normandie, fils et successeur du précédent, combattit à la bataille de Mortemer en 1054 (9). Il donna de concert avec sa mère Godehilde, aux moines de Conches, à Acquigny, un gord de cinq mille anguilles et plusieurs terres avec la dîme de ses moulins et de toutes ses rentes en deniers (10). Privé de ses biens et exilé en 1061 par les intrigues de Roger de Montgomery et de sa femme Mabille, il fut rappelé en 1063 et prit part à la conquête de l'Angleterre en 1066 (11). Parmi les donations qu'il fit à l'abbaye de Saint-Evroult on remarque celle d'un hôte à Acquigny (12).

(7) Ecclesiam de Achincio cum offerendis et decimis de annona et de vino ex integro, et de piscibus aquæ quæ dicitur Auctura et de molendinis in eis. Gall. chr. Instr. col. 128. Roger portait déjà les armes en 1015, car en cette année il fut chargé avec Raoul de Tosny son père de garder le château de Tillières que venait de bâtir Richard II, duc de Normandie. Guill. de Jumièges, Hist. de Fr., tom. 10, p. 187, et Chroniques de S. Denis, ibid., pag. 308.

(8) Ord. Vit., l. 1, p. 180; l. 3, p. 40, édit. A. Le Prevost.

(9) Ord. Vit., l. 7, p. 238.

(10) Ego Radulphus de Totteneio cum Godehilde matre mea pro sepultura patris mei Rogerii concedo S. Petro de Castellione apud Achincium gordum unum quinque millium anguillarum de Sancta Cecilia, fœsum quoque Claverii, et fœsum Obardi et mansuras plures et terras in eadem villa.......... et concedo omnem decimam omnium molendinorum meorum per totam meam terram et decimam omnium denariorum meorum........ in Conchis, in Ferraria, in Achincio....... Gall. chr., ibid., col. 129.

(11) Ord. Vit., l. 3, p. 81, 93 et 148, édit. A. Le Prevost.

(12) Ord. Vit., l. 5, p. 401, 402; la charte entière, extraite du cart. de S. Evroult, est donnée dans l'Appendice, tom. 5, p. 180.

Pendant la vie de Guillaume, les barons normands avaient été forcés de recevoir des garnisons royales dans leurs châteaux; mais à sa mort, en 1087, les principaux seigneurs, entre autres Raoul de Tosny, se hâtèrent de renvoyer ces garnisons (13). En 1090 s'éleva entre le même Raoul et Guillaume, comte d'Evreux, une guerre excitée par la jalousie de leurs femmes (14); mais on n'y voit pas figurer Acquigny.

L'année suivante on trouve Raoul attaché à la fortune de Guillaume-le-Roux. Dans le traité que fit ce roi avec son frère Robert Courte-Heuse, duc de Normandie, les terres de Raoul de Tosny furent placées, avec celles de Gérard de Gournay et les comtés d'Eu et d'Aumale, sous la suzeraineté du roi d'Angleterre, qui vint habiter avec sa cour (*regali more*), du mois de janvier au mois d'août, dans ses nouvelles possessions (15).

Raoul mourut en 1102. Isabelle, sa femme, fille de Simon de Montfort, et sœur d'Amaury de Montfort qui devint comte d'Evreux, lui survécut long-temps et finit par prendre le voile au monastère des Hautes-Bruyères pour y expier les fautes d'une jeunesse licencieuse (16). Elle eut sans doute Acquigny en douaire, ou au moins des revenus sur ce domaine, puisqu'elle donna aux religieuses des Hautes-Bruyères cent boisseaux de blé, cent sous de rente et un gord à Acquigny (17).

Raoul-le-Jeune, fils et successeur du précédent, passa en Angleterre dans le cours de l'année 1103. Le roi Henri Ier lui remit les terres que son père y avait possédées, et le maria à

(13) Ord. Vit., l. 8, p. 345.

(14) Ord. Vit., l. 8, p. 366.

(15) Ord. Vit., l. 9, p. 475.

(16) Isabel vero postquam in viduitate diu permansit, lethalis lasciviæ (cui nimis in juventute servierat) pœnitens, sæculum reliquit et in monasterio sanctimonialium apud Altam Brueriam velum suscepit, ibique vitam suam laudabiliter in timore Dei perseverans salubriter correxit. Order., l. v., p. 404.

(17) Nous n'avons pas la charte d'Isabelle, mais sa donation est rappelée dans deux chartes de Henri II, données, l'une avant son avènement au trône d'Angleterre 1151—1154, et l'autre après cet avènement, mais sous l'épiscopat de Rotrou, évêque d'Evreux, qui cessa de l'être en 1162. Voyez ces deux chartes aux pièces justif., nos 3 et 4.

Adelise, fille du comte Waltheof et de Judith, fille de la comtesse d'Aumale, sœur germaine de Guillaume-le-Conquérant (18). Aussi Raoul suivit en 1106 le parti de ce même roi Henri contre le duc Robert, et ne l'abandonna pas en 1119, dans la guerre qu'il soutint contre Louis-le-Gros (19). Cependant après la bataille de Bremule, Amaury de Montfort, comte d'Evreux, oncle maternel de Raoul et partisan du roi de France, promit à celui-ci l'appui de son neveu, si on parvenait à s'emparer de Breteuil, qui menaçait de trop près les terres du seigneur de Conches, pour lui permettre de se déclarer. Dans son discours, Amaury fait valoir l'importance de cet appui à cause des nombreux chevaliers qui obéissent à Raoul de Tosny et de la force de ses châteaux : Conches, Tosny, Portes et Acquigny (20). C'est le premier texte où il soit question du château fort d'Acquigny; mais on voit qu'il avait dès lors une grande importance et il est probable qu'il existait depuis long-temps.

Raoul de Tosny mourut, selon Orderic Vital, 24 ans après son père, c'est-à-dire en 1125 ou 1126 (21).

Roger de Tosny, fils de Raoul et d'Adelise, succéda à son père et fit don à l'abbaye de Conches de la dîme de tous ses biens, dans lesquels Acquigny se trouve nécessairement compris (22). Il montra de bonne heure de la sympathie pour Geoffroy, gendre d'Henri Ier, et devint assez suspect au roi, pour que celui-ci crût devoir mettre une garnison royale dans le château de Conches (23).

(18) Ord. Vit., l. XI, p. 198.

(19) Ord Vit., l. XII, p. 346.

(20) .... Et Radulphus de Conchis nepos meus nobis adhærebit cu cunctis hominibus suis et munitionibus. Ipse fortia possidet castra : Conchas et Tocnium, Portas et Archinneium, probatique barones gestant ejus dominium qui per ipsum solum multipliciter nostrum augebunt numerum. Is nimirum Bretolio nunc coarctatur nec nobis, quia non audet, nunc adminiculatur, ne tota statim terra ejus devastetur. Ord. Vit., lib. XII, p. 365.

(21) Radulphus filius ejus fere XXIV annis patrium jus obtinuit. Ord. Vit., l. 5, p. 404.

(22) Pièces justif., n° 5.

(23) Ord. Vit., l. XIII, t. 5, p. 47.

A la mort de Henri Ier, en 1135, Roger prit en effet très-vivement le parti de Geoffroy d'Anjou contre le roi Etienne, et dans la guerre qu'il soutint alors contre les deux frères Galeran de Meulan et Robert de Leycester, partisans d'Etienne, son château d'Acquigny lui servit de place d'armes. Il en partit dans les premiers jours du mois de mai 1136 pour surprendre la forteresse du Vaudreuil; mais elle fut reprise trois jours après par Galeran de Meulan, avec l'aide des bourgeois de Rouen. Du Vaudreuil, Galeran vint, le lundi de la Pentecôte, brûler entièrement le bourg d'Acquigny. Le lendemain Roger se mit à sa poursuite et brûla trois de ses villages (24). La guerre continua ainsi avec diverses chances et pendant que les Angevins ravageaient le Lieuvin, Roger de Tosny, aidé de Guillaume de Pacy et de Roger-le-Bègue, seigneur de Grossœuvre, tint tête à Galeran dans l'évêché d'Evreux. Au mois d'octobre il attaqua le château de la Croix-Saint-Leufroy, bâti par le comte de Meulan, et n'ayant pu le réduire, il brûla le bourg, saccagea l'abbaye et s'empara des dépouilles de tous ceux qui s'y étaient réfugiés; puis, se rejetant sur la vallée du Vaudreuil, il la ravagea et réduisit en cendre, le 3 octobre, l'église de Saint-Etienne-du-Vauvray. Il en fut puni le jour-même; car vers le soir, lorsqu'il revenait à Acquigny, n'ayant avec lui qu'une poignée d'hommes, parce qu'il avait envoyé à l'avance Guillaume de Pacy et Roger-le-Bègue avec le butin, les prisonniers et la plus grande partie des troupes, le comte Galeran et Henri de Pommeraye sortirent d'une forêt voisine à la tête de 500 chevaliers et le firent prisonnier malgré sa vigoureuse résistance (25).

(24) Ord. Vit., l. XIII, t. 5, p. 59. M. A. Le Prevost pense que ces trois villages sont : la Croix-Saint-Leufroy, Cailly et Ecardenville-sur-Eure.

(25) .... Gualerannus comes et Henricus de Pomereio cum quingentis militibus de vicina sylva egressi sunt.......... Rogerius autem qui multum audax et probus erat, cum paucis militibus quos secum habebat (Guillelmum enim de Paceio et Rogerium Balbum cum suis copiis et præda et captivis Achinnicium præmiserat), frustra fortiter in hostes pugnavit, sed multitudine pressus et victus succubuit et........ captus ingemuit infortunioque suo ma-

Le roi Etienne ne lui rendit la liberté que six mois après, et à de dures conditions (26). Néanmoins dès le mois de mai de l'année suivante, il avait les armes à la main pour résister au comte Galeran (27). Au mois de septembre il prenait et brûlait Breteuil, ce qui ne l'empêcha pas de traiter avec les comtes de Meulan et de Leycester, qui le réconcilièrent la même année avec le roi Etienne et lui préparèrent une réception honorable en Angleterre (28).

Nous ignorons la date de sa mort. Il avait épousé Gertrude, fille de Beaudoin, comte de Hainaut, dont il eut quatre fils (29). Raoul de Tosny, l'aîné, lui succéda, et mourut en 1162, laissant de sa femme, fille de Robert comte de Leycester, un jeune fils du nom de Roger (30).

Ce Roger de Tosny, encore enfant (parvulus) en 1162, n'était pas en état de défendre par lui-même ses châteaux dans l'invasion que le roi de France fit en Normandie, pendant l'absence de Richard-Cœur-de-Lion. Philippe-Auguste s'empara du Vaudreuil, de tout le Vexin et même d'Evreux. Il est certain qu'Acquigny fut aussi une de ses conquêtes, puisque, dans le colloque tenu entre Verneuil et Tillières en 1194, on convint que Philippe retiendrait la contrée du Vaudreuil, savoir : le Vaudreuil lui-même, Louviers, Acquigny, Léry et tout le pays jusqu'à la Haye-Malherbe et à Pont-de-l'Arche, et que le roi

gnum inimicis gaudium et vicinis pagensibus securitatem peperit. Ord. Vital, l. XIII, tom. 5, p. 77. Robert Dumont dit de son côté : Eadem septimana Galeranus comes Mellenti cepit apud Achinnum Rogerium de Toenio rapinæ et incendio vacantem. Hist. de Fr., t. XIII, p. 288.

(26) Ord. Vit., ibid., p. 83.

(27) Ord. Vit., ibid., p. 108.

(28) Ord. Vit , ibid., p. 115.

(29) Gislebertus Montens. Hannoniæ chro. Hist. de Fr., t XIII, p. 553.

(30) Radulphus de Toeni moritur relicto parvulo ex filia Roberti comitis Leecestriæ. Robert du Mont, Hist. de Fr., t. XIII, p. 307. Raoul confirma une donation de droits d'usage faite par Roger son père aux moines de l'Estrée. Sa charte qui a pour témoin Silvestre, abbé de Conches, est antérieure à 1160. Cart. de l'Estrée, arch. de l'Eure.

d'Angleterre garderait la Haye-Malherbe, Pont-de-l'Arche et tout ce qui était au-delà (31).

La guerre bientôt reprise fut de nouveau suspendue par le traité de Louviers en janvier 1196; des bornes furent plantées à moitié route entre le Vaudreuil et Gaillon, et une ligne passant par ces bornes fut tirée de la Seine à la rivière d'Eure. Tout ce qui était du côté du Vaudreuil resta au roi anglais et ce qui était du côté de Gaillon au roi de France (32). Acquigny se trouvait sur la limite, mais du côté normand, puisqu'à la mort de Richard en 1199 Philippe-Auguste s'en empara dès les premières hostilités (33). Il le rendit au mois de mai 1200 par le traité du Goulet qui lui conservait Evreux et une partie de l'Evrecin. On fixa les limites de ce dernier territoire à moitié route du Neubourg à Evreux en prenant la même distance vers Conches et vers Acquigny (34). Roger fut un des garants de ce traité du côté du roi d'Angleterre et s'engagea par serment sur les saintes reliques à se soumettre au roi

(31) 3. De valle Rodolii in hunc modum erit, Rex Franciæ tenens erit de valle Rodolii, *sicut erat prius*, scilicet de ipso Rodolio et de ipsa tota villa cum ecclesiis et de Lovers et de Aquigener et de Laire et de aliis usque ad Haiam Malherbe et usque ad Pontem Archiæ. De Haia vero Malherbe et de ultra et de Ponte Archiæ et de ultra erit tenens rex Angliæ. Roger de Hoveden, Hist. de Fr., t. XVII, p. 570.

(32) Voyez ce traité, Cartul. norm. de Philipp. Aug. n° 1057.

(33) Eo tempore rex Francorum statu rerum sibi in melius mutato, civitatem Ebroicum cepit cum circumpositis munitionibus, scilicet : Apriliacum et Aquiniacum. Rigord., Hist. de Fr., t. XVII, p. 50.

(34) Mete autem sunt posite in media via inter Ebroicas et Novum burgum........ et quantum terre habebit dominus rex Francie versus Novum burgum, tantum terre habebit versus Conches et versus *Akenny*. Voyez ce traité, Cart. norm. de Philippe Aug., n° 1063. M. Duffus Hardy a publié le procès-verbal de la pose des bornes. — Rotuli chartarum vol. I, pars 1a, pag. 97 : Ad eandem similiter mensuram quæ est inter Ebroycum et Novum Burgum (ccc IX cordæ, quæ corda continet XX teysas), posita est meta inter Ebroycum et Aquineum et est meta apud Vacariam ad Nucerium qui appellatur Nucerium de Vall. in Valle, scilicet subitus monasterium ejusdem ville ex parte Aquiney inter......... Walteri Calet.

de France avec tous ses fiefs, si la paix était rompue par Jean-sans-Terre (35).

La paix ne dura point, mais Roger de Tosny continua d'être l'un des conseillers intimes du roi d'Angleterre, et fut envoyé à Philippe-Auguste, pendant le siège du Château-Gaillard en 1202, pour l'endormir par des demandes de trève et d'entrevue (36). Aussi lorsque ce roi consomma la conquête de la Normandie le 1er juin 1204 par la capitulation de Rouen, qui assurait aux seigneurs normands la rentrée dans tous leurs biens, à la condition d'accepter ce traité, Roger de Tosny et ses fils en furent nommément exceptés (37). Les Tosny se retirèrent dans leurs domaines d'Angleterre et leurs propriétés en Normandie furent distribuées par Philippe-Auguste à ses compagnons d'armes.

Une partie du domaine d'Acquigny avait déjà cessé d'appartenir aux Tosny, et paraît avoir été donnée en dot à Godechille de Tosny, fille de Raoul-le-Jeune, laquelle épousa, vers 1141, Robert de Warvich. Leur fils Henri du Neubourg eut pour fille Isabeau du Neubourg qui épousa Robert de Poissy, sieur de Malvoisine, et lui apporta la baronie de Pont-Saint-Pierre et celle de Longboel. Leur fils Robert de Poissy, mort avant 1197, épousa Luce du Plessis, dont il eût Robert, seigneur de Noyon-sur-Andelle et d'Acquigny, que nous retrouverons au chapitre suivant (38).

Les moines du Bec avaient aussi quelques propriétés à Acquigny. Une charte, qui ne peut être postérieure au XIIe siècle,

(35) Il signa au Goulet même une charte de garantie qui a été publiée par M. Léopold Delisle, Cart. norm., no 1064.

(36) Rymer, t. I, p. 42, edit. 2a, cité dans une note ad Rigord. Hist. de Fr., t. XVII, p. 57. — Au mois de décembre 1203 Jean mandait au connétable des Marches de faire pour le maintien de la trève avec le Roi de France ce que lui ordonneraient Roger de Tosny et Pierre des Roches.—Roles normands, édit. Léchaudé, p. 112.

(37) Excepto......... et Rogero de Toniaco et filiis ejus quos dominus rex Franciæ de omnibus conventionibus excepit. Rigord. Hist. de Fr., t. XVII, p. 57.

(38) Hist. de la Maison d'Harcourt, t. I, p. 263.

contient la donation de 7 acres de terre, *sur les monts d'Acquigny*, faite à cette abbaye par Guillaume des Monts, et confirmée par Roger de Tosny. Les droits seigneuriaux, qu'abandonne Guillaume dans cet acte, montrent qu'il était possesseur d'un arrière-fief sur le territoire d'Acquigny (39).

Remarquons enfin, avant de terminer ce chapitre, qu'on trouve au XIe et au XIIe siècle divers personnages portant le nom d'Acquigny. Ainsi dans les listes de l'abbaye de la Bataille publiées par Duchesne, les noms Akeny, Dakeny se voient parmi ceux des nobles qui avaient suivi Guillaume-le-Conquérant en Angleterre. Un Beaudoin d'Acquigny (Baldewinum de Acquini), est compris dans le traité de 1194. On le retrouve cité avec Guillaume d'Acquigny dans les rôles de l'échiquier en 1198. La Trinité-de-Beaumont avait pour prieur Guillaume d'Acquigny en 1161, et un Roger d'Acquigny est mentionné dans plusieurs chartres du XIIe siècle. Parmi ces personnages figurent sans doute des membres de la famille des Tosny ou des hommes qui prenaient le nom du lieu de leur origine; mais d'autres paraissent avoir appartenu à une famille importante du nom d'Acquigny qu'on retrouve encore au XVe siècle (40).

Chapitre III.

Acquigny au XIIIe siècle. — Première moitié de la baronie. — *Barthelemy de Roye.* — *Mathieu de Montmorency.* — *Maison de Laval.* — *Chartes des évêques d'Evreux pour le patronage.* — Seconde moitié de la baronie. — *Maisons de Poissy et de Léon.* — *Chartes de l'abbaye du Bec et du prieuré des Hautes-Bruyères.*

Après la conquête de la Normandie, Acquigny ne demeura

(39) Pièces justif., n° 6.

(40) Robert d'Acquigny est un des conseillers du roi en la chambre des enquêtes, qui figurent dans le procès criminel fait à Pierre du Tertre en 1378. Secousse, t. 2, p. 385. Un mandement du roi lui ordonna de se trouver à l'échiquier de la Saint-Michel à Rouen en 1403, et lui-même donne quittance au vicomte de Rouen le 29 novembre 1403. Enfin le 12 octobre 1507, Domp

pas long-temps aux mains de Philippe-Auguste. Ce roi le donna par une charte de 1206 à Barthelemy de Roye, qui devint en 1209 chambrier de France (41). C'était un des personnages les plus importants de la cour de Philippe, qu'il accompagna dans toutes ses guerres, et dont il fut l'un des exécuteurs testamentaires (42). Il laissa deux filles de Perronnelle de Montfort, sa femme, et mourut, selon le père Anselme, après 1234.

Au mois de mars 1222 il était encore seigneur d'Acquigny puisqu'il fit don, à cette date, au prieuré des Saint-Mauxe et de Saint-Vénérand de trois acres d'un bois appelé Gastinet (43).

Les religieux, malgré les donations faites par les Tosny, ne possédaient pas sans conteste le patronage de la paroisse, et d'après trois titres, que nous allons citer, le chapitre et l'évêque d'Evreux y avaient au moins des prétentions. Le premier de ces titres est une charte de 1215 par laquelle Robert-le-Rivet, abbé de Conches, règle de concert avec Luc, évêque d'Evreux, et le chapitre, les droits réciproques du prieuré et du vicaire perpétuel, sur les revenus du bénéfice. A cette époque l'abbaye possédait les deux tiers de la dîme du blé, du lin et du chanvre, toute la dîme du vin, 12 sous de rente pour 2 gerbes sur une terre de l'autre côté de l'eau, un clos situé près de l'église des Martyrs, entre l'Eure et l'Iton, avec une habitation et ses dépendances. Le vicaire avait entre autres revenus, le dernier tiers de la dîme du blé, du lin et du chanvre, toute la dîme des fruits, de la laine, des agneaux, du foin et des terres situées au-delà de la rivière, les noix du cimetière, 10 sous de rente sur l'autel des martyrs et la terre dite de la Croix-Philippe, avec les hôtes et les cens. Dans le règlement de 1215, tous ces revenus sont abandonnés, soit par l'abbaye, soit par le vicaire

Jacques d'Acquigny, prieur de Saint-Lambert à Nassandres, donne au receveur de la vicomté d'Orbec une quittance de 12 livres tournois de rente due à son prieuré. Ces trois derniers documents se trouvent au cabinet des titres, Bibl. impér.

(41) Pièces justif., n° 7.

(42) Guill. le Breton, Hist. de Fr., t. XVII, p. 115.

(43) Pièces justif., n° 8.

à deux moines, que l'abbé devra établir à Acquigny, pour y célébrer le service divin, dans l'église des Martyrs. Le vicaire, présenté par l'abbé, pour prendre la charge des âmes, devait jouir des autres revenus de l'église paroissiale en payant seulement 10 sous de rente le jour de la fête des Martyrs. Les moines lui abandonnaient en outre, à titre de pension, une rente annuelle de 40 sous et de 3 muids de vin (44). Richard de Bellevue, successeur de Luc dans l'évêché d'Evreux, donna par une charte de 1224, confirmée par le chapitre, l'église de Sainte-Cécile d'Acquigny, avec tous ses revenus, aux moines de Conches résidant au prieuré, en réservant toutefois pour le vicaire un revenu convenable (45). Le même évêque, dans une nouvelle charte de 1227, expliqua la nature de ce dernier revenu qui se composait principalement des offrandes et revenus accidentels, de la dîme des abeilles et de quelques autres petites dîmes (46).

Barthelemy de Roye cessa vers cette époque de posséder Acquigny, qui passa, nous ne savons de quelle manière, dans les mains de Mathieu II de Montmorency. Mais le célèbre connétable ne jouit pas long-temps de cette nouvelle propriété, puisqu'il mourut le 24 novembre 1230 (47).

(44) Pièces justif., no 9.

(45) Pièces justif., no 10.

(46) Nous ne connaissons cette charte que par une mauvaise traduction qu'on trouve dans le cartulaire du prieuré, fol. 5. C'est elle peut-être que le Gall. Christ. rapporte à 1232. Elle assigne au vicaire les offrandes et autres revenus accidentels, la dîme des abeilles et les petites dîmes, réservant aux religieux les dîmes de la laine, des agneaux, du chanvre, du lin, des légumes, des fruits, du vin et du blé. Le vicaire devait leur faire en outre une rente de XVI livres en trois termes, Noël, Pâques et l'Assomption. Ce cartulaire du prieuré est un registre in-fol. de 85 feuillets, au chartrier du château d'Acquigny. Il a été rédigé au siècle dernier par un copiste ignorant, qui a souvent défiguré par de mauvaises lectures les titres originaux, et a malheureusement remplacé les titres en latin par des traductions déplorables. Il est intitulé : *Copies des fondations du prieuré de saint Mauxe de la paroisse d'Acquigny.*

(47) Duchesne, Hist. de la maison de Montmorency, p. 143.

Barthelemy de Roye, d'après le père Anselme, n'eut que deux filles : 1o Alice de Roye, mariée en premières noces à Jean d'Alençon, remariée en 1214 à Raoul de Neele, et morte sans enfans ; 2o Amicye de Roye, mariée en 1224 à

Guy de Montmorency, fils de Mathieu et d'Emme de Laval, sa seconde femme, eut des biens de son père la baronie d'Acquigny, par partage fait avec ses frères en 1231 (48). Sa mère lui ayant cédé le titre et la seigneurie de Laval, il devint la souche de la branche de ce nom et est appelé, par Duchesne, Guy VII de Laval. Il épousa, en 1239, Philippe de Vitré, fille de André de Vitré, laquelle, par la mort de son jeune frère, hérita de tous les biens de sa famille et mourut elle-même le 16 décembre 1254. Guy se remaria avec Thomasse de Mathefelon, accompagna Charles d'Anjou à la conquête de la Pouille en 1265, et mourut après son retour en France, en 1266 ou 1267 (49).

Guy VIII de Laval, fils aîné du précédent, lui succéda dans la baronie d'Acquigny. Il avait épousé en 1255 Isabeau de Beaumont, fille unique de Guillaume de Beaumont, seigneur de Pacy-sur-Marne, Villemonble, etc. Il accompagna S. Louis à la croisade de 1270. Au retour, le roi Philippe III requit de lui, dans la guerre contre le comte de Foix, le service militaire qu'il devait pour Acquigny (50), service que le rôle de 1271 évalue à deux chevaliers et demi (51). En 1272 il comparut dans l'enquête que le roi fit faire à Tours, sur le service militaire que lui

Guillaume Crespin, et qui laissa une nombreuse postérité. Il est probable que Barthelemy de Roye céda par échange ou vendit la baronie d'Acquigny à Mathieu de Montmorency, son compagnon d'armes, et comme lui-même l'un des grands officiers de la couronne.

(48) Duchesne, ibid., p. 528. Guy prit le nom de Laval en retenant les armes de Montmorency, qu'il brisa comme puîné de cinq coquilles d'argent sur la croix.

(49) Duchesne, p. 560. Nous avons suivi son ordre. Le père Anselme appelle Guy VI le fils d'Emme de Laval, et cette différence continue pour tous les successeurs de Guy.

(50) Duchesne, p. 564.

(51) « Guy de Laval doit service de deux chevaliers et demy pour sa terre » de Acquigny. » De la Roque, Traité du ban et de l'arrière-ban, Rôle de 1271, baillage de Gisors, p. 65. Voyez pour l'interprétation de ce texte et du suivant notre introduction au *Rôle des taxes de l'arrière-ban du baillage d'Evreux en* 1562, p. 17 et 18.

devaient ses vassaux. Il y reconnut devoir, pour *la moitié de la baronie d'Acquigny*, le service de trois chevaliers dont il était en effet accompagné. Plus tard les habitants d'Acquigny et de la Croix-Saint-Leufroy furent aussi requis de rendre au roi le service militaire qu'ils lui devaient (52). En 1283, Guy de Laval fut, comme comte de Caserte, dans le royaume de Naples, l'un des principaux seigneurs qui se rendirent à Bordeaux, pour soutenir Charles, roi de Sicile, contre Pierre d'Aragon. Il épousa en secondes noces, en 1286, Jeanne de Brienne dite de Beaumont, et mourut en 1295, après avoir ordonné par son testament de restituer à ses vassaux les emprunts et fouages qu'il avait levés sur eux pour ses voyages de Tunis et de Bordeaux.

La seconde moitié de la baronie d'Acquigny ne fut point confisquée, comme la première, au commencement du XIIIe siècle. Elle appartenait alors à Robert de Poissy, fils de Robert, mort avant 1197, et de Luce du Plessis (53). Ce seigneur était bien venu de Philippe-Auguste dont il reçut en 1213 la seigneurie de Noyon-sur-Andelle. Il acheta des moines du Bec, en 1226 ou 1236, pour 20 sous de rente sur sa prévôté d'Acquigny, une pièce de terre située près du pont d'Acquigny, à l'entrée du manoir de son fils Guillaume (54). Les moines du Bec, à leur tour, affranchirent, en 1245, pour 12 sous tournois, une rente annuelle de 12 deniers qu'ils payaient à Raoul Ausic, le jour de la Saint-Martin d'hiver, pour leur masure d'Acquigny, située près de la masure du prêtre d'Acquigny (55).

Guillaume de Poissy, dont le manoir était près du pont d'Ac-

(52) Dominus de Valle-Guidonis (de Laval) comparuit personaliter, recognoscens se debere Domino regi tres milites pro exercitu, *pro media parte de Aquigne*, quos secum ducit, et sic vocantur : Johannes le Boche, Guillelmum Noturum et Lucas de Chemire milites. De la Roque, ibid , p. 80. On trouve plus loin parmi les villages cités in exercitum calvatenensem, pour les baillies de Verneuil et Gisors: *Aquignoium*, Crux S. Leufredi, ibid., p. 94.

(53) De la Roque, Maison d'Harcourt, t. 1, p. 263.

(54) Pièces justif., no 11.

(55) Pièces justif., n° 12.

quigny, eut de sa femme, Mahaud de Talbot, un fils aîné appelé aussi Robert de Poissy, qui hérita de la moitié de la baronie. Ce dernier épousa, en 1261, Isabelle de Marly. Leur fille unique, Mathilde de Poissy, fut mariée à Hervé de Léon, et, de concert avec lui, échangea plusieurs biens avec le roi Philippe-le-Hardi en 1281 (56).

Isabelle de Marly devint veuve peu de temps après son mariage, et eut sans doute Acquigny en douaire, car, dans une charte de 1265, elle s'intitule dame d'Haqueville et d'Acquigny en partie. Par cet acte elle échangea une rente de cinq boisseaux de blé, mesure d'Acquigny, d'un demi-millier de pimpernaux et de cinquante sous tournois que les religieuses des Hautes-Bruyères touchaient depuis long-temps sur la partie d'Acquigny qu'elle possédait (57), pour vingt-et-une livres parisis de rente sur sa prévôté d'Acquigny, ou, en cas d'insuffisance, sur tous ses revenus au même lieu, à charge par les religieuses de célébrer chaque année son anniversaire dans l'église de leur prieuré (58).

En 1267 Isabelle était remariée à Guillaume de Beaumont, seigneur de Pacy-sur-Marne, Villemonble, etc. Ce dernier ratifia, au mois de novembre, l'échange qui précède par une charte semblable à celle de sa femme, excepté sur deux points : 1° La rente de 21 livres parisis y est réduite à 20 livres ; 2° Guillaume veut que si ses héritiers ou ceux de sa femme refusent d'exécuter les clauses du contrat, les religieuses prennent 40 livres sur sa propre terre de Villemonde (Villemonble), à charge de célébrer chaque année son anniversaire avec celui de sa femme (59).

(56) De la Roque, t. 1, p. 263. — Cartul. Norm. de Philippe-Aug., n. 972, 973 et 974.

(57) Il est facile de reconnaître ici la moitié de la rente donnée précédemment par Isabelle de Montfort au monastère des Hautes-Bruyères. L'autre moitié était sans doute payée par les Laval.

(58) Pièces justif., n° 13.

(59) Pièces justif., n° 14.

A la mort d'Isabelle, la seconde moitié d'Acquigny dut faire retour à son gendre Hervé IV de Léon, mari de Mathilde de Poissy. Celui-ci eut pour fils Hervé V de Léon qui épousa Jeanne de Rohan, et mourut le 11 avril 1304 (60).

Nous trouvons encore, dans ce siècle, un fait digne d'être signalé, c'est la visite faite à Acquigny par Philippe de Chaources, évêque d'Evreux, le lendemain de la Saint-Hilaire, 15 janvier 1279. Il coucha au prieuré, sur l'invitation du prieur Arnoult; mais, avant de partir il laissa une charte, scellée de son sceau, pour constater qu'il était venu à ses propres dépens, et non par droit de visite épiscopale (61).

Chapitre IV.

Acquigny au XIVe siècle. — Première moitié de la baronie. — *Suite de la maison de Laval.* — *Siège et prise du château en 1364.* — *Sa démolition en 1378.* — Seconde moitié de la baronie. — *Suite de la maison de Léon.* — *Les Prémontés d'Abbecourt et les religieuses des Hautes-Bruyères.* — *Sous-division de cette moitié, les Kergorlay et les Rohan.*

Guy IX de Laval succéda à son père en 1295 pour la première moitié d'Acquigny. Il épousa Béatrix de Gavre, fille unique de Rase, seigneur de Gavre, accompagna Philippe-le-Bel dans ses guerres de Flandres et mourut en 1323 (62). Il avait transigé en 1306 avec le prieuré d'Acquigny pour la dîme du bois des Faux qu'il promit de remplacer par une rente annuelle de sept livres tournois (63).

Guy X de Laval, fils du précédent, fut marié par son père dès l'an 1315 à Béatrix de Bretagne, seconde fille d'Artus II, duc de Bretagne. Il suivit le duc Jean III, son beau-frère, au

(60) Toutes les fois que nous n'indiquons pas d'autre source, la descendance que nous donnons des Léon est tirée de leur généalogie manuscrite, au cabin. des titr. Bibl. imp.

(61) Le cartulaire du prieuré, fol. 45, donne une traduction de cette charte.

(62) Duchesne, p. 567.

(63) Cet accord est rappelé dans l'acte de 1483 que nous citons plus loin.

secours de Tournay en 1340, et mourut à la bataille de la Roche-Derien en 1347. Sa veuve Béatrix lui survécut jusqu'en 1384 (64).

Guy XI de Laval, seigneur de Laval, Vitré, Gavre et Acquigny, comte de Caserte, fils aîné du précédent, avait épousé en 1338 Ysabeau de Craon, fille de Maurice, seigneur de Craon, et de Marguerite de Mello. Il fut fait prisonnier en 1347 à la bataille de la Roche-Derien et mourut l'année suivante sans postérité, après avoir été délivré par sa mère au moyen d'une forte rançon. Sa veuve Ysabeau de Craon eut en douaire les baronnies d'Acquigny et de Crevecœur (65).

Ysabeau de Craon se remaria en secondes noces à Louis de Sully, fils de Jean de Sully et de Marguerite de Clermont. Une sentence de Pierre Pepin, vicomte d'Acquigny, le 30 avril 1370, est donnée en son nom sous cette forme : « En la vicomté d'Acquigny *en la part* de Monsieur Suly et de Madame sa femme dame de Laval à cause de douoire (66). »

Au milieu des guerres qui désolaient la Normandie à cette époque, la dame d'Acquigny ne put jouir paisiblement de son château fort. Dès 1356, après l'emprisonnement de Charles-le-Mauvais, le duc de Lancastre, envoyé par le roi d'Angleterre au secours de Philippe-de-Navarre, frère de Charles, vint le joindre à Evreux où se trouvèrent douze cents lances, seize mille archers et deux mille hommes armés de brigandines, « si » se départirent, raconte Froissart, ces gens d'armes d'E» vreux en grand'-ordonnance et bon arroi, bannieres et pen» nons déployées, et chevauchèrent devers Vernon. Si passe» rent à Acquegni et puis à Passy; et commencerent à piller à » rober et a ardoir tout le pays devant eux et à faire le plus » grand exil et la plus forte guerre du monde (67)».

(64) Duchesne, p. 569.

(65) Duchesne, p. 570. Cette baronie de Crevecœur, qui resta long-temps unie à celle d'Acquigny, avait son chefmois situé sur la rivière d'Eure, près de la Croix-Saint-Leufroy.

(66) Cartul., fol. 40.

(67) T. I, édit. Buchon, p. 329.

Le château d'Acquigny fut pris à cette occasion par le parti Navarrais ou était déjà en sa possession. Toujours est-il qu'après la bataille de Cocherel, le 16 mai 1364, il servit de refuge à une partie des vaincus et fut une des places fortes d'où les Navarrais inquiétèrent le roi de France. Charles V chargea son frère le duc de Bourgogne de réunir à Chartres une armée qui s'y sépara en trois corps. Le premier, sous la conduite de Duguesclin, marcha vers Cherbourg. Le second, sous la conduite de Jean Bureau de la Rivière, favori du roi, vint mettre le siège devant Acquigny, tandis que le gros de l'armée attaquait Marcerauville. Jean de la Rivière avait en son corps, nous dit Froissart, deux mille combattants (68): « Dedans le châtel d'Aquegny » avoit Anglois et Normands et Navarrois, qui là étoient retraits » puis la bataille de Coucherel; et se tinrent et defendirent le » châtel moult bien; et ne les pouvoit-on pas avoir a son aise, » car ils étoient bien pourvus d'artillerie et de vivres, pourquoi » ils se tinrent plus longuement. Toutefois finablement ils » furent si ménés et si appressés qu'ils se rendirent, sauves » leur vie et leurs biens et se partirent et se retrairent dedans » Chierebourc. Si prit messire Jean de la Rivière la saisine du » dit chateau d'Aquegny et le rafraichit de nouvelles gens; et » puis se delogea et tout son ost et se trairent par devant la » ville et la cité d'Evreux. »

Ce récit montre assez quelles étaient, au XIVe siècle, la force et l'importance du château d'Acquigny. Il était situé au même endroit que le château actuel, comme l'indiquent les aveux que nous citerons plus tard. Ses fortes murailles étaient entourées de larges fossés dans lesquels coulait la rivière d'Eure, au rapport d'un autre historien du même siège (69). Ce château fut sans doute rendu à Charles-le-Mauvais par

(68) Ibid., p. 486. Voyez aussi Secousse, T. 1, p. 57.

(69) « Et tous ensemble alèrent par devant ung fort d'Angloiz et de Navarrois mettre le siège. Et seoit cellui fort sur la rivierre d'Eure, si que la dicte rivière avironnoit tout entour icellui fort, et estoit nommé Aquigny. » Chron. des quatre premiers Valois, p. 151.

le traité du 6 mars 1365, dont l'article 6 porte : que le roi de France rendra tous les châteaux pris sur le roi de Navarre ou son frère, excepté ceux de Mantes et de Meulan (70). Mais il dut être rasé en 1378, puisque Charles V fit alors détruire en Normandie les fortifications de tous les châteaux qui tenaient pour le roi de Navarre, excepté Cherbourg dont les Français ne purent s'emparer (71). Aussi dans les lettres de rémission accordées l'année suivante aux partisans du roi de Navarre on en trouve une pour Jehan Ricart, l'un des compagnons d'Arnoton de Milan, capitaine d'Acquigny (72).

A la mort d'Ysabeau de Craon, dont nous ignorons l'époque précise, la baronie d'Acquigny revint à Guy XII de Laval, frère et héritier du premier mari d'Ysabeau.

Guy XII de Laval, seigneur de Laval, Vitré et Gavre, possédait Acquigny le 20 mai 1411, car, à cette date, Etienne Osmont s'intitule: *Vicomte d'Acquigny en la partie Monsieur de Laval* (73). Après la mort de sa première femme, Louise de Chateaubriant, Guy s'était remarié en 1384 à Jeanne de Laval, sa parente, veuve de Duguesclin. Il mourut le 24 avril 1412, laissant pour unique héritière Anne de Laval, sa fille (74).

La seconde partie d'Acquigny était possédée au commencement du XIVe siècle par Hervé VI de Léon, seigneur de Chateauneuf et de Noyon-sur-Andelle, fils d'Hervé V que nous avons vu mourir en 1304. Il eut la douleur de perdre en 1330 Jeanne de Montmorency, sa femme, fille d'Erard de Montmorency, seigneur de Conflans. L'année suivante, au mois de mai, il assigna quinze livres tournois de rente sur sa prévôté d'Ac-

(70) Secousse, Hist. de Charles-le-Mauvais, p. 85. — Lebrasseur, Hist. du comté d'Evreux, p. 105 des Preuves.

(71) Secousse, p. 199. — Lebrasseur, p. 259.

(72) Ces lettres du 29 juin 1379 sont publiées par Secousse, Preuves, t. 2, p. 457. « Charles, etc..... comme Jehan Ricard se fust pieça mis ou service de Arnoton de Milan lors capitaine de Acquigny et eust chevauchié avecques lui en tenant le parti du Roi de Navarre notre ennemi..... etc. »

(73) Cartul., fol. 60.

(74) Duchesne, p. 571.

quigny aux prémontrés d'Abbecourt, pour une *chapelline* qu'il avait en leur abbaye (75). Il mourut en 1337.

Hervé VII son fils, seigneur de Noyon-sur-Andelle et d'Acquigny, épousa en premières noces Marguerite de Rais et en deuxièmes noces Marguerite d'Avaugour. Il testa en 1344.

Hervé VIII, fils du précédent, seigneur de Noyon-sur-Andelle et d'Acquigny, mourut sans postérité en 1363. Laurens de Limoges, son bailli à Acquigny, donna sentence en son nom au mois d'octobre 1348 et le 2 avril 1353 (76). A sa mort, la seconde moitié de la baronie d'Acquigny fut divisée entre ses deux sœurs Jeanne et Marie de Léon.

Jeanne de Léon avait épousé Jean Ier, vicomte de Rohan, et dans une lettre du 12 décembre 1366 Robert du Bosc s'intitule bailly d'Acquigny pour Monsieur de Rohan, sire de Léon et de Noyon (77). Jeanne mourut en 1372, et son mari en 1396.

Alain VIII, leur fils aîné, vicomte de Rohan, sire de Léon, seigneur de Noyon-sur-Andelle, Pont-Saint-Pierre, Radepont, etc., mourut en 1429 (78).

Marie de Léon, sœur de Jeanne et d'Hervé VIII, se maria deux fois, 1° à Jean de Kergorlay, et 2° à Jean Malet, seigneur de Grasville. Ce dernier est mentionné comme propriétaire d'Acquigny dans une transaction du 1er mars 1370 entre les prémontrés d'Abbecourt et les religieuses des Hautes-Bruyères. L'abbaye d'Abbecourt touchait, comme nous venons de le voir, XV livres tournois ou XII livres parisis de rente sur la prévôté d'Acquigny. Le prieuré des Hautes-Bruyères prenait deux muids de blé chaque année sur les greniers des prémontrés à Abbecourt et 33 setiers de grain sur leur dîme de Thiverval. Les terres sur lesquelles ces dernières rentes étaient assises ne produisaient plus rien par défaut de culture, et les religieuses voulaient être payées, sur les autres revenus de l'abbaye. Les

(75) Pièces justif., n° 15.
(76) Cartul., fol. 54 et 60.
(77) Cartul., fol. 80.
(78) La Chesnaye-Desbois, édit. de 1778, t. 12, p. 260.

prémontrés donnèrent en échange la rente de 12 livres parisis sur Acquigny et toute la dîme de Thiverval, sauf aux religieuses à tirer de cette dernière ce qu'elles pourraient (79).

A la mort de Marie de Léon sa part d'Acquigny revint à sa fille Jeanne de Kergorlay qu'elle avait eue de son premier mariage. Celle-ci épousa Raoul de Montfort, et nous verrons leur fils Jean de Montfort, seigneur de Kergorlay, épouser Anne de Laval en 1404 (80).

Chapitre V.

Acquigny depuis le commencement du XVe siècle jusqu'à la fin de la maison de Laval en 1539. — Première moitié de la baronie. — *Suite de la maison de Laval.* — *Confiscation de la baronie par les Anglais.* — *Restauration du prieuré.* — Seconde moitié de la baronie. — *Réunion de la partie des Kergorlay.* — *Suite des Rohan.* — *Réunion de leur partie.* — *Procès entre le prieuré et le vicaire.*

Anne de Laval, fille unique de Guy XII, avait du vivant de son père, en 1404, épousé Jean de Montfort, seigneur de Kergorlay, sous la condition qu'il prendrait le nom et les armes de Laval. Il se fit en effet appeler Guy XIII de Laval, à la mort de son beau-père en 1412 (81).

Guy XIII de Laval, seigneur de Laval, Vitré, Gavre, Acquigny, etc., était, comme nous l'avons vu précédemment, petit-fils de Marie de Léon. Il possédait à ce titre le quart de la baronie d'Acquigny quand la première moitié lui vint du chef de sa femme, à la mort de son beau-père. Il survécut peu à ce dernier, et mourut à Rhodes en 1415, au retour d'un pélerinage en Terre-Sainte.

(79) Pièces justif., n° 16.

(80) Duchesne, p. 573, et de la Roque, Maison d'Harcourt, t. 1, p. 676. Le Cartul. du Prieuré, fol. 61, donne une sentence rendue le 25 février 1382 par le bailli d'Acquigny, *en la partye* de Monsieur de Quergollé. C'était Jean de Montfort ou son père.

(81) Duchesne, p. 573. — De la Roque, Maison d'Harc., t. 1, p. 676.

Anne de Laval, sa veuve, ne mourut qu'en 1465. Elle obtint des lettres de délai d'hommage pour Acquigny en 1417 (82) ; mais il est probable qu'elle fut long-temps sans pouvoir rendre ni hommage ni aveu. Les Anglais, appelés par la faction bourguignonne en 1416, étaient déjà maîtres de Louviers en 1418. Henri V confisqua en 1419 le domaine d'Acquigny, évalué à 800 écus de revenu, sur Anne de Laval restée fidèle à la France, et le donna à un de ses propres partisans nommé Guillaume le Maréchal. Celui-ci devait en rendre hommage par un fer de lance apporté chaque année, au château de Rouen, le jour de Saint-Jean-Baptiste, et entretenir au service du roi deux hommes d'armes et quatre archers (83).

La guerre força plusieurs fois les officiers de la justice seigneuriale de tenir leurs audiences à Louviers. Le cartulaire du prieuré porte en tête de trois pièces de 1425, 1428 et 1431 : *En la vicomté d'Acquigny tenue à Louviers pour occasion de la guerre* (84).

Lorsque les Anglais furent contraints de quitter la Normandie en 1450, Anne de Laval reprit possession de sa baronie d'Acquigny. Elle en fit hommage au roi en 1451, et en rendit aveu par lettres datées de Vitré le 4 juin 1455 (85). Les deux baronies d'Acquigny et de Crevecœur étaient dès lors réunies en une seule, dont le chef-lieu était Acquigny. L'aveu mentionne les deux châteaux comme ruinés depuis long-temps par la guerre, et déclare perdus la plupart des titres de propriété.

Le prieuré d'Acquigny avait lui-même beaucoup souffert et tombait en ruines, ainsi que l'abbaye de Conches dont il dépendait. Les moines résolurent de restaurer ces deux établissements au moyen d'aumônes recueillies dans divers diocèses, et

(82) Arch. de la Seine-Inf., B. 201. Son mari avait rendu hommage en 1412, ibid.

(83) Pièces justif., n° 17.

(84) Fol. 51, 61 et 62. La première pièce est du 4 oct. 1425, la seconde du 14 mars 1428 et la troisième du 30 avril 1431.

(85) Pour l'hommage, voy. Arch. de la S.-Inf., B. 201, et pour l'aveu, Pièces justif., n° 18.

de provoquer ces aumônes en transportant, de paroisse en paroisse, les chefs de Saint Mauxe et de Saint Vénérand, et d'autres reliques conservées soit dans l'abbaye, soit dans le prieuré. Guillaume de Floques, que les Français avaient opposé comme évêque d'Evreux à Pierre de Comborne, attaché au parti anglais, s'empressa, par lettres du 12 mars 1450 (86), d'engager les curés à recevoir les saintes reliques processionnellement, une fois dans chaque paroisse, et à presser les fidèles, par leurs paroles et par leurs exemples, de contribuer à une aussi bonne œuvre. Il accorde quarante jours d'indulgence à tous ceux qui y prendront part, et rappelle qu'une multitude de pèlerins viennent de divers pays visiter le tombeau des martyrs. De son côté, par lettres du 5 mai 1451 (87), Guillaume Prestrel, abbé de Conches, chargea d'accompagner les reliques Jean Herisson, prieur d'Acquigny, quatre moines de Conches, les curés de Pinterville et du Fresne et deux clercs. Il leur donna pouvoir de se choisir des subdélégués, et de parcourir les diocèses de France en demandant des lettres et des indulgences aux prélats.

La restauration du prieuré s'accomplit alors avec une certaine magnificence, et on voit encore, à l'entrée du cimetière d'Acquigny, les restes d'un élégant portail de l'ancienne chapelle S.-Mauxe, reconstruit à cette époque.

Anne de Laval mourut le 25 janvier 1465. Son fils aîné Guy XIV, seigneur de Laval, Vitré, Gavre, Acquigny et Tinteniac, avait épousé, en premières noces, Isabeau de Bretagne, et, en secondes noces avant 1454, Françoise de Dinan, dame de Châteaubriant. Il eut trois fils et sept filles du premier mariage, et trois fils du second. Il était seigneur d'Acquigny depuis la mort de son père pour le quart que celui-ci avait possédé de son chef. Le cartulaire du prieuré le mentionne

(86) Elles ont été publiées dans l'Almanach du diocèse, en 1861.
(87) Au chartrier du château d'Acquigny.

sous le titre de comte de Laval en 1481, 1482 et 1483 (88). Il mourut le 2 septembre 1486 (89).

François de Laval, comte de Montfort, fils aîné de Guy XIV, eut à la mort de sa grand'mère, Anne de Laval, la première moitié d'Acquigny, et rendit aveu de la baronie au roi le 18 octobre 1467 (90). Il prend les titres de « François, aisné fils du comte de Laval, comte de Montfort, sire de Gavre, de la Guerche, de Louvoys et d'Acquigny » dans des lettres du 27 avril 1483, par lesquelles il confirme au prieuré de Saint-Mauxe le gort appelé le Gort-aux-Moines et leur accorde VII livres X sous de rente à prendre sur la prévôté d'Acquigny, à charge de célébrer chaque année, le vendredi après la Saint-Mauxe, un service anniversaire pour ses prédécesseurs, seigneurs d'Acquigny, pour lui-même et pour sa femme *Catherine, seule fille d'Alençon* (91). Son mariage avec cette Catherine d'Alençon, fille unique de Jean II, duc d'Alençon, et de Marie d'Armagnac, avait eu lieu à Tours en 1461, sous l'influence de Louis XI qui estimait notre comte de Montfort et le fit gouverneur de Melun (92).

A la mort de son père en 1486 François de Laval prit le nom de Guy XV de Laval. Il est souvent désigné sous les titres de comte de Laval, baron d'Acquigny et de Crevecœur, de 1489 à 1498 (93). Il mourut sans postérité en 1500, après avoir été nommé, par Charles VIII, grand Maître-d'hôtel de France (94). Il avait institué son héritier Nicolas de Laval, son

(88) Le 5 mars 1481, 18 déc. 1482 et 27 avril 1483. — Fol. 33, 32 et 3.

(89) Duchesne, p. 576.

(90) Cet aveu est cité dans l'arrêt de main-levée de 1674, Arch. de la Seine-Inf. B. 202. Le comte de Montfort est encore mentionné dans des lettres des 6 janvier 1480 et 30 novembre 1484 données par son receveur à Acquigny, Guillaume de Chalenge escuier, garde du scel aux obligations des chatellenies d'Acquigny et de Crevecœur. cart., fol. 15 et 66.

(91) Pièces justif., n° 19.

(92) Duchesne, p. 577.

(93) Cart., fol. 11, 15, 17, 27, 31.

(94) Duchesne, ibid.

neveu, fils unique de Jean de Laval, seigneur de la Roche-Bernard. Celui-ci à la mort de son oncle prit le nom de Guy comme ses prédécesseurs.

Guy XVI, comte de Laval, de Montfort et de Quintin, seigneur de Vitré, de Gavre et de la Roche-Bernard, baron d'Acquigny, rendit aveu au roi pour cette baronie le 22 janvier 1529 (95). Il fut lieutenant-général et amiral de Bretagne, et mourut le 20 mai 1531 (96). Il avait eu trois femmes et un grand nombre d'enfants. Anne de Laval sa fille, née d'Anne de Montmorency sa seconde femme, porta en dot les baronies d'Acquigny et de Crevecœur à Louis de Silly, seigneur de la Roche-Guyon, qu'elle épousa le 16 février 1539 (97). La baronie d'Acquigny sortit par ce mariage de la maison de Laval, dont les aînés l'avaient possédée pendant plus de trois siècles.

Il est temps de revenir à la seconde moitié de la baronie que nous avons vue divisée en deux portions en 1363. Guy XIV de Laval réunit à la mort de son père, en 1486, le quart provenant des Montfort de Kergorlay, à la première moitié qu'il avait déjà par succession de sa grand'mère Anne de Laval.

Le dernier quart était passé en 1429 à Alain de Rohan, neuvième du nom et fils aîné d'Alain VIII. Il mourut en 1462. Marguerite de Rohan, la seconde des filles qu'il avait eues de Marguerite de Bretagne, épousa en 1449 Jean d'Orléans, comte d'Angoulême et de Périgord, fils puîné de Louis de France, duc d'Orléans, et de Valentine de Milan. Son mari mourut le 30 avril 1467; mais elle vivait encore en 1496 (98). C'est à elle que revint la partie d'Acquigny possédée par les Rohan, et dans une

(95) Aveu cité dans l'arrêt de main-lev. de 1674. Arch. de la Seine-Infér., B. 202. Guillaume de Chalenge, escuier, s'intitule : Garde du scel aux obligations des chatellenies d'Acquigny et de Crevecœur, pour haut et puissant seigneur, Monsieur le comte de Laval, seigneur et baron du dit lieu et de Crevecœur, dans des lettres des 24 nov. 1503, 20 juin 1515 et 10 janv. 1519. — Cartul., fol. 10, 13 et 36.

(96) Duchesne, p. 79.

(97) P. Anselme, t. VIII, p. 172.

(98) La Chesnaye-Desbois, t. 12, p. 260, et Moreri.

5

lettre du 23 juin 1469 Jacques Chalenge s'intitule : « lieutenant de noble homme Jean de la Rivière, escuyer, verdier d'Acquigny pour haute et puissante princesse Madame la comtesse d'Angoulême, dame dudit lieu (99) ». Elle se trouve aussi, dans la montre de l'arrière-ban du bailliage d'Evreux en 1469, comprise parmi les nobles de la vicomté d'Evreux qui n'y résidaient point, et dont les biens sont saisis jusqu'à ce qu'ils aient fourni un certificat de comparution à une autre montre (100).

Avant de mourir, la comtesse d'Angoulême vendit sa portion d'Acquigny et Crevecœur à Jeanne de Laval, troisième fille de Guy XIV, qui avait épousé en 1455 Réné, roi de Jérusalem et de Sicile et duc d'Anjou. Cette reine de Sicile, dame d'Acquigny et de Crevecœur, mourut sans enfants, et institua pour son héritier Guy XV de Laval son frère, qui réunit par là en ses mains toutes les portions de la baronie d'Acquigny (101).

Il nous reste à signaler, pour terminer ce chapitre, quelques faits qui se rattachent à l'histoire de la paroisse. En 1525, un ancien prieur de Saint-Mauxe, Nicolas Le Vavasseur, devenu abbé de Conches, mourut à Acquigny le 5 novembre et y fut enterré dans l'église, selon les auteurs du *Gallia christiana*. Deux ans plus tard, un mémoire des religieux de Conches remis à l'official d'Evreux, le 4 juin 1527, dans un procès qu'ils soutenaient contre Jean Vimont, vicaire perpétuel d'Acquigny, contient des renseignements utiles à recueillir. Les religieux s'y déclarent seuls vrais curés d'Acquigny et appuient leurs prétentions sur divers motifs dont voici le résumé : ils paient comme curés les droits synodaux et archidiaconaux et les réparations de l'église ; ils fournissent le vin pour la communion le jeudi-

(99) Cart., fol. 10.

(100) On l'y désigne ainsi : « La dame d'Angoulême dame d'Acquigny. Elle est demourante hors de Normendie. » — Recueil de la Société libre de l'Eure 1850-1851, page 337.

(101) Cette vente d'Acquigny et Crevecœur par Marguerite de Rohan, comtesse d'Angoulême, est consignée dans un mémoire qui fait partie d'un recueil de la Biblioth. imp. intitulé : Pièces sur la Bretagne et la maison de Rohan. Blancs-Manteaux, 73, D. t. v, fol. 307.

saint et le jour de Pâques ; ce dernier jour ils sont obligés de célébrer la messe dans l'église paroissiale et d'administrer le sacrement d'Eucharistie aux fidèles ; les corps des paroissiens sont inhumés dans le cimetière du prieuré ; un procès semblable ayant eu lieu précédemment, la pension du vicaire avait été réglée avec l'approbation de Mathieu, évêque d'Evreux (probablement Mathieu des Essarts, 1295-1310) ; depuis ils jouissent tranquillement de toutes les dîmes, à l'exception de celles assignées alors au vicaire, savoir : « les dîmes des cochons à laict, veaux, poullets, oyes, abeilles, fromage, et de sa terre de l'aumosne ; » le vicaire fut exempté à la même époque de payer aux religieux les XVI livres de rente assignées par Richard, évêque d'Evreux ; enfin la pension du vicaire est plus que suffisante puisque le dit Vimont ne réside pas, et que le prêtre, établi par lui pour desservir la paroisse, est obligé de lui envoyer tous les ans à Paris, lieu de sa résidence, trente-six ou quarante livres (102).

Chapitre VI.

Arrière-fiefs sur le territoire d'Acquigny.—Becdal.—Cambremont ou le Hamel.—Le Camp-Jaquet ou Surville.—Les deux fiefs de la Métairie.—Succession des seigneurs.

Pendant la période dont nous venons de résumer l'histoire au chapitre précédent, les fiefs secondaires situés sur le territoire d'Acquigny commencent à nous être mieux connus. Ce n'est pas qu'ils ne soient pour la plupart beaucoup antérieurs, car le Guillaume des Monts, que nous avons vu faire au XIIe siècle une donation à l'abbaye du Bec, les chevaliers qui accompagnèrent Guy de Laval à Tours en 1272, étaient sans doute propriétaires de quelques uns de ces fiefs ; mais l'aveu de la baronie en 1455 (103) nous les fait tous connaître, tels qu'ils ont subsisté jusqu'à la révolution. Ils étaient au

(102) Cartul., fol. 81.

(103) Pièces justif., n° 18.

nombre de six, dont l'un, le fief Saint-Mauxe, a une origine et des développements suffisamment connus. Nous allons rapporter brièvement ce que nous savons des cinq autres.

Becdal. Ce fief était en 1455 possédé par Denis le Roux, dont le fils Guillaume tenait le fief du Moucel à Heudreville. Si l'on s'en rapporte à un long article généalogique donné par la Chesnaye-Desbois sur la famille le Roux, ce Denis le Roux, seigneur de Becdal et de Villettes, capitaine de Louviers, avait épousé Guillemette du Buisson. Il était fils de Martin le Roux tué à la bataille de Verneuil en 1424, et de Guillemette de Bailleul dame de Villettes. Martin le Roux avait pour père Jean le Roux, seigneur de Becdal, fils lui-même de Richard le Roux, vivant en 1315 et marié à Barbe du Mesnil qui lui aurait apporté le fief de Becdal. Les du Mesnil seraient ainsi les premiers seigneurs connus de Becdal.

A Denis le Roux, mort après 1455, succéda Guillaume le Roux son fils. Il avait épousé vers 1450 Alison du Fay, fille de Guillaume du Fay, lieutenant général à Gisors, et de Philippote Roussel, nièce de Raoul Roussel, archevêque de Rouen. Il comparut en 1469 à la montre générale de Normandie pour les fiefs de Becdal, le Moucel et Villettes.

Guillaume le Roux, fils du précédent, épousa par acte du 27 juin 1486 Jeanne Jubert, fille de Guillaume Jubert, seigneur de Vely, dont il eut quinze enfants. Il fut nommé conseiller à l'échiquier permanent de Rouen par l'édit de création de 1499. Il ajouta aux terres qu'il tenait de son père celles de Bourgtheroulde, Lucy, Tilly et Sainte-Beuve, et devint possesseur d'une très-grande fortune. C'est lui qui fit commencer à Rouen le magnifique hôtel de Bourgtheroulde, qu'acheva son fils aîné Guillaume le Roux, abbé d'Aumale et du Val-Richer. Nous ignorons l'époque de sa mort.

Nicolas le Roux, un de ses fils, conseiller au parlement, prieur du Mont-aux-Malades, eut la terre de Becdal, et devint abbé du Val-Richer en 1540. Il prend les titres de seigneur de Saint-Aubin-d'Ecrosville, Villettes et Becdal dans une déclaration qu'il fit à la baronie d'Acquigny le 9 mai 1542, comme tuteur des enfants de son frère Claude le Roux (104). Il rendit aveu le même jour et au même titre du fief de Cambremont (105), permuta en 1548 son abbaye du Val-Richer pour celle d'Aumale, et mourut le 11 septembre 1561 (106). Il avait obtenu le 17 décembre 1553, des habitants d'Acquigny, trois pièces de leurs biens communaux, qu'il voulait réunir à son fief de Becdal, pour d'autres terres qu'il leur donna en échange (107).

Robert le Roux, son neveu, fils de Claude le Roux et de Jeanne de Chalenge, lui succéda dans la seigneurie de Becdal. Robert eut aussi les terres de Tilly et de Villettes, fut conseiller au parlement, épousa, par acte du 25 janvier 1576, Barbe Guiffart, dame des Nonettes, et mourut en 1583 (108).

Robert le Roux, leur fils unique, seigneur de Tilly, Villettes, Becdal, etc., épousa, le 26 novembre 1599, Marie de Bellièvre, fille de Pompone de Bellièvre, qui devint chancelier de France. Robert fut d'abord président aux requêtes, puis conseiller au parlement et mourut en 1638. Il avait rendu aveu de Becdal à la baronie d'Acquigny, le 7 décembre 1589 (109).

Claude le Roux, quatrième fils du précédent, eut la seigneurie de Becdal, fut conseiller au parlement par résignation de son père et épousa par contrat du 12 avril 1644 Madeleine de Tournebu, vidame de Normandie, baronne d'Esneval, etc. Dans un bail de la ferme de Vironvay passé par son procureur le 25 mai 1651 (110), il est appelé seigneur de Becdal, Folleville, Vironvay, Mesnil-Jourdain et du Colombier, *demeurant en son manoir de Becdal*. Il quitta bientôt cette humble de-

(104) Déclaration de rotures relevant d'Acquigny —Au chartrier du château.

(105) Cet aveu est cité dans un arrêt de main-levée de la baronie d'Acquigny. — Arch. de la Seine-Infér., B. 202.

(106) Gallia christ.

(107) Orig. communiqué par M. le Riche, d'Acquigny.

(108) La Chesnaye-Desbois. C'est à lui qu'il faut recourir lorsque nous n'indiquons pas d'autres sources.

(109) Cet aveu est mentionné dans un arrêt de main-levée pour Acquigny. — Arch. de la Seine-Inf., B. 202.

(110) Orig. au chartrier du château d'Acquigny.

meure pour aller habiter le château d'Acquigny dont il acheta la baronie en 1656 et où nous le suivrons plus tard. Il avait fondé dans le manoir de Becdal une chapelle dédiée à saint Claude, et, par contrat du 3 janvier 1667 passé au notariat de Louviers, les religieux de Sainte-Barbe s'engagèrent à y célébrer plusieurs messes et en furent institués comme les chapelains perpétuels (111). Le contrat fut approuvé par le vicaire-général de l'évêque d'Evreux le 18 juillet 1668.

CAMBREMONT ou le HAMEL, ce fief appartenait en 1455 à Jean de Chalenge. Il paraît avoir fondé dans l'église de Notre-Dame-de-Louviers une chapelle dédiée à saint Jean-Baptiste et à saint Jean-l'Evangéliste et vulgairement appelée la Chapelle de Chalenge ou du Beffroi. Le premier chapelain connu est Robert Fresmont qui mourut en 1484 (112). Jean de Chalenge, seigneur du Hamel-d'Acquigny et de Bérengeville, présenta à cette chapelle en 1484, 1497, 1500, 1501 et 1505(113). On le trouve encore qualifié d'escuyer, seigneur du Hamel-d'Acquigny, dans divers actes de 1473 à 1508 (114). Il eut pour successeur immédiat un Guillaume de Chalenge, probablement son frère, qui rendit aveu en 1514 du fief de Vaux-Caillouet à Infreville (115). Leur héritière, Jeanne de Chalenge,

(111) Ils devaient dire une messe basse tous les seconds dimanches de chaque mois de 8 à 9 heures du matin, le 26 juin fête de Saint-Claude premier patron, le 22 juillet fête de la Madeleine seconde patronne, et tous les premiers lundis de chaque mois, jour du décès de Madeleine de Tournebu. Le couvent reçut du donateur une pièce de terre sur le Mesnil-Jourdain appelée le Clos-Miclo, une rente de 13 livres 10 sous t., et fut déchargé de 10 livres t. de rente qu'il payait à l'archevêque de Rouen. — La copie de ce contrat est aux Archives de l'Eure, Fonds Ste-Barbe. — Le terrier de 1787 montre que la fondation était encore exécutée à cette époque.

(112) Grand pouillé du diocèse d'Evreux aux Arch. de l'Eure.

(113) Ibid.

(114) Contrats d'acquisition de rente, sentences de réunions d'héritages, etc., le 17 mai 1473, le 8 septembre 1474, le 3 août 1507 et le 12 juillet 1508. —Au chartrier du château d'Acquigny.

Il faut peut-être, de 1455 à 1508, compter plusieurs Jean de Chalenge, mais rien dans les titres ne permet de les distinguer.

(115) Aveu à la baronie de la Londe cité dans l'arrêt de main-levée de cette baronie en 1673.—Arch. de la Seine-Inférieure.

dame du Hamel, épousa Claude le Roux, fils de Claude le Roux, fondateur de l'hôtel du Bourgtheroulde à Rouen. Cette dame mourut le 1er décembre 1531. Son mari épousa en secondes noces Madeleine Payen, dont il n'eut point d'enfants. Il était mort en 1542; car le 9 mai de cette année Nicolas le Roux, son frère, tuteur des enfants qu'il avait eus de Jeanne de Chalenge, donna déclaration à la baronie d'Acquigny de pièces de terre qui en relevaient (116) et lui fit aveu du fief même de Cambremont (117).

Robert le Roux, seigneur de Tilly, Becdal, Villettes, etc., second fils du précédent, eut en partage le fief de Cambremont. Il est nommé seigneur de Tilly et du Hamel de Cambremont, conseiller au parlement, dans une sentence des requêtes de Rouen qu'il obtint le 27 juin 1571 contre les habitants d'Ailly qui avaient fait pâturer leurs bêtes dans ses bois (118).

A sa mort, en 1483, Barbe Guiffart sa veuve eut en douaire la seigneurie de Cambremont et se remaria à Claude Groulart, chevalier, seigneur de la Court, conseiller du roi en son conseil privé et premier président du parlement de Rouen. Celui-ci loua le manoir et les terres par bail du 31 octobre 1598 (119). Après Barbe Guiffart, morte en 1599, la seigneurie de Cambremont revint à Robert le Roux son fils aîné, que nous avons déjà vu seigneur de Becdal. Il loua aussi le manoir et les terres de Cambremont par bail du 19 janvier 1636 (120) et mourut le 24 mai 1638.

Pompone le Roux, son troisième fils, hérita d'une partie du fief de Cambremont. Il est appelé : chevalier, maître-d'hôtel ordinaire chez le roi, gouverneur de Colioure au comté de Roussillon, maréchal-de-camp et seigneur de Cambremont, dans une sentence de son sénéchal donnée à sa requête le 7 mai

(116) Chartrier d'Acquigny.—Dans cet acte feue Jeanne de Chalenge est dite héritière de Jean et de Guillaume de Chalenge, successivement seigneurs du fief du Hamel. Les enfants mineurs sont Claude, Robert, Jean et Marie le Roux.

(117) Voyez note 105.

(118) Orig. au chartrier d'Acquigny.

(119) Bail passé au not. de Louviers.—Chartrier d'Acquigny.

(120) Orig. au chartrier d'Acquigny.

1651 (121). Il était, en 1652, lieutenant-général de l'armée de Catalogne, et mourut à Pezénas, le 19 janvier 1656, à l'âge de 52 ans.

L'autre partie de Cambremont était possédée par Claude le Roux, seigneur de Becdal, frère de Pompone, qui, à la mort de ce dernier, hérita de la première partie et obtint plus tard la réunion du fief entier à la baronie d'Acquigny (122).

Le Camp-Jaquet ou Surville. Le possesseur de ce fief en 1455 était Richard Goullé. Ce doit être le même personnage qu'un Richard Goulley, bourgeois de Rouen, qui est mentionné en 1450 comme propriétaire du fief de Feugueray à Bourg-Achard (123). Il avait eu pour prédécesseur, d'après l'aveu de 1584, Guillaume Levesque, d'où le fief de Surville était aussi appelé, en 1455, *le Fief à Levesque*. Richard Goullé, écuyer, sieur de Surville, avait épousé Charlotte Baignart, fille ainée de Guillaume Baignart, seigneur de Folleville, à Louviers, et partagea ce dernier fief le 7 juillet 1512 avec ses deux beaux-frères (124).

Plus tard, d'après l'aveu de 1584, une Françoise de Goullé, veuve de Louis de Houeteville, seigneur de Muids, posséda ce fief qu'elle laissa à son fils Louis de Houeteville, sieur de Megremont. Celui-ci épousa le 14 février 1564 Charlotte des Hayes, dame de la Haye-le-Comte (125) et était seigneur du Camp-Jaquet ou Surville, en 1584.

Au XVIIe siècle le fief passa à une famille Bardouil dont nous trouvons un représentant, Pierre Bardouil, écuyer sieur de Surville, figurant comme parrain dans les registres d'Acquigny le 10 août 1679.

(121) Ibid.

(122) Claude est nommé seigneur de Cambremont dans un bail d'une maison à Vironvay qu'il fit en 1649. (Orig. au chartrier d'Acquigny.) Dans l'aveu qu'il rendit d'Acquigny en 1665, il se déclare propriétaire du fief de Cambremont par succession de son père Robert et de son frère Pompone.

(123) Aveu du fief de Ruffaux à Bouquetot. — Trésor des chartes, P. 305, n° 239.

(124) Lots de 1512 communiqués par M. Odoart du Hazé.

(125) De la Roque, Hist. de la mais. d'Harc. p. 1313.

L'année suivante le Camp-Jaquet passa aux mains de Pierre le Pesant de Boisguilbert, seigneur de Pinterville. En 1722, Nicolas-Gabriel-Louis le Pesant, lieutenant-général au baillage de Rouen, que nous croyons fils de Pierre, était seigneur de Pinterville et probablement du Camp-Jaquet. Son fils, Jean-Pierre le Pesant de Boisguilbert, seigneur de Pinterville et lieutenant au baillage de Rouen, mourut vers 1762. Il avait épousé Charlotte-Marie Lecoq de Villeray dont il eut un fils, Jean-Pierre-Adrien-Augustin de Boisguilbert qui était seigneur de Pinterville et du Camp-Jaquet en 1787, d'après le terrier d'Acquigny (126).

PREMIER FIEF DE LA MÉTAIRIE. Le fief de la Métairie, probablement unique dans l'origine, était divisé au XVe siècle en deux huitièmes de fief placés sur la limite d'Acquigny près d'Amfreville. L'un d'eux, que nous appellerons premier, pour le distinguer de l'autre fief, appartenait en 1455 à l'Hôtel-Dieu de Louviers. Il avait été possédé antérieurement, d'après l'aveu de 1584, par Pierrot Jourdain dit le Camus. L'Hôtel-Dieu en conserva la propriété jusqu'en 1657, où il fut acheté par Claude le Roux, baron d'Acquigny, qui en obtint la réunion à la baronie.

DEUXIÈME FIEF DE LA MÉTAIRIE. Son propriétaire en 1455 était Claudin d'Amfreville, écuyer. Il était fils de Pierre d'Amfreville qui combattit à Azincourt en 1415. Le domaine d'Amfreville, auquel était déjà uni sans doute le petit fief de la Métairie, fut confisqué par les Anglais sur Pierre d'Amfreville en 1432 et donné à Pierre Poolin, bailli d'Harcourt; mais en 1454 Claudin d'Amfreville rentra dans les biens de son père (127). Il vivait encore en 1469 où il est mentionné comme seigneur d'Amfreville dans la montre de l'arrière-ban du baillage d'Evreux. Il eut pour successeurs, d'après M. A. Le Prevost : de 1481 à 1512, Jacques d'Amfreville; de 1516 à 1532, Nicolas

(126) Acte de 1680 que nous citons à l'article Topographie féodale. — Acte de 1722 communiqué par M. Odoard du Hazé. — Généalogie manuscrite des Boisguilbert, au château de Pinterville.

(127) M. A. Le Prevost d'après le cabinet des titres dossier Amfreville.

d'Amfreville; en 1540 Robert de Pommereuil, premier écuyer d'écurie du roi, capitaine du Pont-de-l'Arche, maître enquêteur et réformateur des forêts en Normandie et Picardie; de 1555 à 1563, Françoise d'Amfreville. Celle-ci était veuve de Robert de Pommereuil auquel elle avait apporté les fiefs d'Amfreville et de la Métairie (128).

En 1584 la Métairie était, d'après l'aveu d'Acquigny, aux mains de Nicolas de Vipart, baron du Bec-Thomas et seigneur d'Amfreville-sur-Iton. Il avait hérité de cette dernière terre en 1570, d'après M. A. Le Prevost, de Catherine d'Amfreville et la conserva jusqu'à sa mort en 1590.

Après avoir été possédée en 1622 par Anne de Sabrevois, nièce de Nicolas de Vipart, mariée à Jacques de Beaulieu, la terre d'Amfreville fut vendue à Guillaume Guyot, seigneur des Fontaines, dont le fils aîné, Guillaume Guyot, seigneur d'Amfreville, de la Mare, des Plis et de la Métairie, épousa par contrat du 16 juillet 1652 Elisabeth des Voisins de Champront. Leur fils aîné, Alexandre Guyot, marié en 1693 avec Anne-Madeleine d'Andel, lui succéda dans les seigneuries d'Amfreville et de la Métairie et eut lui-même pour fils François-Robert Guyot qui mourut en 1753 (129). Il avait, d'après le terrier de 1787, rendu aveu du fief de la Métairie le 9 mars 1748. Son fils, Antoine-Jean-Baptiste Guyot, en rendit aveu en 1780 et le possédait encore en 1787.

CHAPITRE VII.

Acquigny de 1539 à 1646.—Maison de Silly.—Agrandissement du chœur de l'église.— Construction du château.— Maison de Gondy.—Vente de la baronie.—Dévotion des peuples pour les reliques de S. Mauxe et de S. Vénérand.—Erection de la charité.—Processions dans les temps de peste et de sécheresse. —Travaux divers à l'église.

Louis de Silly, seigneur de la Roche-Guyon, Auneau et Ro-

(128) Ms. de la Bibl. imp. Fs. Colbert, no 9849.

(129) M. A. Le Prevost, Article Bec-Thomas. — Généalogie des Guyot, aux Arch. de l'Eure.

chefort, devint comme nous l'avons vu baron d'Acquigny et Crevecœur par son mariage avec Anne de Laval, le 16 février 1539. Une sentence de la vicomté du Pont-de-l'Arche du 22 mars de la même année le mit en possession de cette baronie (130) et il en rendit aveu au roi le 22 janvier 1550 (131). Ce Louis de Silly était fils de Charles de Silly, seigneur de la Roche-Guyon mort en 1518 et petit-fils de Bertin de Silly qui vivait encore en 1506 (132).

Dès 1543 le nouveau baron d'Acquigny et sa femme donnèrent aux habitants 16 perches de terrain pour agrandir le chœur de l'église paroissiale (133). On se mit bientôt en devoir de démolir l'ancien; mais le prieur qui, comme curé primitif, était tenu de l'entretenir, s'opposa par acte du 13 juin 1544 (134) à cette démolition. Une transaction intervint au mois de février 1546 par laquelle les religieux abandonnèrent leur opposition et les habitants se chargèrent de l'entretien du nouveau chœur (135).

C'est à Louis de Silly et à sa femme Anne de Laval qu'on doit la reconstruction du château. Leurs chiffres entrelacés sont sculptés sur la frise de la façade et se remarquent encore dans la grille du parc. Bâti sur l'emplacement de l'antique forteresse des Tosny, le château moderne n'en a rien conservé et ne présente plus qu'une agréable habitation où Anne de Laval aimait sans doute à passer une partie de l'année (136).

Louis de Silly mourut de 1554 à 1559, et le 14 janvier 1560, Anne de Laval, sa veuve, rendit aveu au roi de la baronie

(130) Inventaire des pièces du chartrier d'Acquigny communiqué par M. le Riche.—Nous le citerons désormais sous le seul nom d'Inventaire.

(131) Aveu rappelé dans l'arrêt de main-levée de 1674.—Arch. de la Seine-Infér., B 202.

(132) Moreri.

(133) Acte de donation du 1er février 1543, par Louis de Silly, seigneur de la Roche-Guyon, conseiller et chambellan du roi notre sire, baron d'Acquigny et de Crevecœur, ratifié par Anne de Laval, sa femme, baronne d'Acquigny et de Crevecœur, dame de Sainte-Marguerite.—Chartrier du château.

(134) Inventaire, cote 50.

(135) Chartrier du château.

(136) L'aveu de 1584, que nous citerons bientôt, déclare que le château est

d'Acquigny (137). Elle vivait encore en 1572, puisqu'elle obtint le 5 mai de cette année une dispense du ban et arrière-ban pour la même baronie (138).

Henri de Silly, comte de la Roche-Guyon, damoiseau de Commercy, baron d'Acquigny, chevalier des ordres du roi, fils aîné de Louis, avait succédé à sa mère avant 1584 et rendit aveu au roi le 3 janvier de cette année (139). Il avait épousé Antoinette de Pons, marquise de Guercheville, fille d'Antoine de Pons et de Marie de Monchenu, dont il eut un fils unique, François de Silly. En 1589 Antoinette de Pons était déjà veuve, et c'est à elle que s'adresse l'arrêt de main-levée rendu par la chambre des comptes le 2 mars de la même année (140).

François de Silly, fils unique de Henri, obtint en 1606 un arrêt de la chambre des comptes confirmant les droits d'usage des barons d'Acquigny et de Crevecœur dans la forêt de Bord. Ces droits consistaient principalement à prendre dans la forêt le bois dont ils avaient besoin pour bâtir ou réparer leurs châteaux d'Acquigny et de Crevecœur et pour le chauffage de leur maison, et à y envoyer paître leurs bestiaux et leurs porcs. Pour user de ces droits, les barons d'Acquigny étaient tenus de payer à la verderie du roi, le 1er mai de chaque année, une douzaine d'aiguillettes de soie verte. Le droit de chauffage avait été fixé, par arrêt du parlement, à 80 mesures de bûches de deux pieds et demi de longueur que devaient fournir, chaque année, au baron d'Acquigny, les adjudicataires des ventes de la forêt, en leur payant 12 deniers par mesure (141).

maintenant rebasty et de nouveau construit. Piedevant, dans sa Métamorphose des Nymphes, strophe XI, a écrit :

Dans le grand pourpris de ce val,
La comtesse Anne de Laval
Bastit son chasteau de plaisance.

Voyez le plan et la vue que nous donnons de ce château à l'art. Monuments.

(137) Cet aveu est mentionné dans l'arrêt de main-levée de 1674.

(138) Inventaire, cote 28.

(139) Pièces justificatives, No XX.

(140) Voyez la note au bas de l'aveu de 1584.

(141) L'arrêt de la chambre des comptes mémoriaux, B. 25, fol. 220, porte :

Au mois de janvier 1621, François de Silly obtint du roi, d'après le père Anselme, l'érection de la Roche-Guyon en duché-pairie. Les lettres d'érection lui donnent les titres de : « chevalier des ordres du Roy, conseiller d'état, capitaine de 100 hommes d'armes des Ordonnances, grand louvetier de France, comte de la Roche-Guyon, seigneur d'Astie et de Cherance, baron d'Acquigny et de Crevecœur, marquis de Guercheville, damoiseau de Commercy, seigneur souverain de Emulle. » Il rendit aveu au roi le 12 janvier 1608 pour les baronies d'Acquigny et de Crevecœur (142) et mourut au siège de la Rochelle, le 19 janvier 1628, sans laisser d'enfants de sa femme Catherine Gillone de Matignon. On lui fit un service à Acquigny au mois d'avril, et, d'après le compte de cette année, l'église reçut 40 sous pour *la diminution du luminaire*.

A sa mort, Pierre de Gondy hérita de la moitié de la baronie d'Acquigny au droit de sa mère, Françoise-Marguerite de Silly, cousine germaine de François. Il acheta l'autre moitié le 24 mars 1633, des représentants de Madeleine de Silly, sa tante, qui avait épousé Charles d'Angennes, seigneur de Fargis (143).

« *Prendre bois pour ardre et brusler, bastir et réparer les maisons du dict Acquigny et Crevecœur, pasturage pour leur bestiail, pennage pour leurs porcs et autres droictures qu'ont les francs usagers. De tous lesquels droicts ses predecesseurs seigneurs de la dite terre ont jouy de temps immémorial* » sous la condition « *de faire et payer au Roy et au verdier ou forestier de la dite forest, chacun an le premier jour de may, une douzaine d'esguillettes de soie verde.* » L'arrêt du parlement du 24 janvier 1584 (Arch. de la Cour de Rouen) ordonne la délivrance au baron d'Acquigny « *pour son chauffauge de la présente année... le nombre de quatre vingt mesures de buches de deux pieds et demi de longueur, et de grosseur à l'equipollent, à les avoir et prendre par les mains des adjudicataires des ventes de la dite forest de Bord, en payant par le dit demandeur au dits marchands, douze deniers pour la façon de chacune mesure.* »

(142) Arch. de la Seine-Inf., B. 201. — Nous ne donnons pas cet aveu dans les pièces justificatives parce qu'il reproduit celui de 1584.

(143) C'est ce qui résulte des termes de l'aveu de 1636 que nous citons plus bas, et du préambule du terrier de 1787. Pierre de Gondy était frère du cardinal de Retz et fils de Philippe-Emmanuel de Gondy, qui s'était retiré à l'Ora-

Pierre de Gondy épousa en 1633 sa cousine, Catherine de Gondy, duchesse de Retz, et obtint de Louis XIII, en 1634, le renouvellement en sa faveur de la duché-pairie de Retz (144). Il rendit aveu au roi le 21 mai 1636 pour les baronies d'Acquigny et de Crevecœur (145), et les vendit par contrat du 24 septembre 1646, devant les notaires du Châtelet, à deux gentilshommes, riches spéculateurs de ce temps-là: Anne Leblanc du Rollet, seigneur de la Croisette, et Jacques Deshommets, conseiller au parlement de Normandie (146).

Avant de suivre la baronie d'Acquigny dans les mains de ses nouveaux possesseurs, il est nécessaire de retourner sur nos pas, afin de recueillir quelques faits de l'histoire de la commune que nous avons omis pour ne pas interrompre trop fréquemment l'ordre de succession des seigneurs.

La dévotion des habitants d'Acquigny pour les reliques déposées dans la chapelle du prieuré les porta, en 1606, à demander au cardinal du Perron, évêque d'Evreux, l'érection d'une confrérie en l'honneur de saint Mauxe et de saint Vénérand. D'après les statuts soumis à l'approbation du cardinal les confrères, au nombre de 96, se divisaient en six dizaines de 15 membres chacune, sous l'autorité d'un des six plus anciens frères. Chaque dizaine était de service pendant deux mois. Tous les frères devaient assister à la messe et à la procession de la fête des martyrs et quelques autres jours, tenant à la main un cierge ardent d'une livre au moins. La dizaine en exercice assistait à

toire après la mort de sa femme en 1626, et y vécut prêtre pendant trente-cinq ans, n'étant mort qu'en 1662.

(144) Moreri et la Chesnaye-Desbois.

(145) Je Pierre de Gondy, duc de Retz et du Boispréaux, pair de France, comte de Joigny et de Cheuvilley, baron de Montmiral, Trosney, Montbazin. Mollevrin, Mortaigne, Tiffaigue, Acquigny, Crevecueur....... lui appartient moitié au droit et comme héritier de feu Monsieur de la Roche-Guyon, et moitié par acquisition de Mre Eléonor de Chabot, chevalier sieur de Brion, comme représentant le sieur marquis de Mirebeau et le dit sieur de Mirebeau, madame Madeleine de Silly, dame de Fargis, ma tante....., (Arch. de la Seine-Inf., B. 201.

(146) Inventaire. — Aveu de 1665.

une messe basse célébrée tous les dimanches dans la chapelle du prieuré et aux inhumations des confrères décédés sur le territoire d'Acquigny (147). Ces statuts, approuvés le 13 juillet 1606, furent confirmés en 1659. M. de Beaumesnil, vicaire-général de Gilles Boutault, qui donna la confirmation, permit de porter à 120 le nombre des frères, et une assemblée générale, réunie cette même année, ajouta divers règlements aux premiers statuts (148).

La confiance dans les saints martyrs s'étendait bien au-delà des limites d'Acquigny. On venait de toutes parts recourir à leur intercession, surtout dans les temps de peste et de sécheresse. L'usage même s'établit dans les calamités publiques d'apporter avec une grande solennité, à la cathédrale d'Evreux, les chefs de saint Mauxe et de saint Vénérand. C'est ce qui eut lieu sur la demande des députés de la ville, pendant la peste de 1517 (149) et pendant la sécheresse de 1556 (150). Mais la translation la plus célèbre est celle de 1615, ordonnée par Monseigneur de Péricard, évêque d'Evreux, sur la demande de ses diocésains.

Le vendredi 26 juin, de très-grand matin, les paroisses les plus voisines, entre autres celles de Louviers, avec la charité et le corps de ville, se rendirent à Acquigny, où les attendait M. le Jau, vicaire-général. La procession se mit en marche à la lueur des flambeaux et des torches. Les prêtres, revêtus de chapes, étaient précédés des croix et des bannières de toutes les paroisses et d'un nombre infini de peuple. A l'entrée d'Evreux, au bout du faubourg Saint-Léger, on déposa les saintes reliques, avec le chef de sainte Marie-Madeleine, sur un autel préparé

(147) On peut voir pour les autres règlements les statuts eux-mêmes. — Pièces justif., N° XXI.

(148) Pièces justif., N° XXII.

(149) Les comptes de l'hôtel-de-ville mentionnent le vin offert à cette occasion par les bourgeois aux religieux d'Acquigny. — Chemin, Vie de Saint Mauxe et de Saint Vénérand, p. 24.

(150) Le Brasseur, p. 320, remarque qu'une pluie abondante tomba dès le lendemain de la procession.

à cet effet. Monseigneur de Péricard les reçut entouré de son clergé et de toute la ville. En tête de la procession marchaient les écoliers vêtus d'aubes blanches, tenant chacun un cierge à la main et conduits par leurs régents ; venaient ensuite les gardes et jurés de tous les métiers, portant des torches ardentes, puis les frères de charité, les capucins, les cordeliers, les jacobins et les bénédictins, ceux-ci portant les reliques de S. Taurin et de S. Laudulphe, les huit curés de la ville avec tout leur clergé, les chapelains et les chanoines de la cathédrale revêtus de leurs chapes les plus précieuses et portant la châsse des saintes Marie, Jacobé et Salomé, et les chefs de S. Mathieu et de S. Switin, enfin l'évêque accompagné de ses archidiacres et des doyens ruraux revêtus de chapes et d'étoles. Après l'évêque marchait le présidial, suivi des échevins et de tout le peuple. La procession entra par la porte peinte, alla jusqu'au faubourg Saint-Gilles et revint à la cathédrale où il y eut messe pontificale et prédication. Après quoi on reconduisit les reliques jusqu'à la maladrerie de Saint-Nicolas, et une pluie abondante rafraîchit la terre aussitôt qu'elles eurent été reposées en leur lieu (151).

Dans la première moitié du XVIIe siècle, la fabrique de l'église paroissiale y fit exécuter diverses réparations. Ainsi en 1616 on refit la charpente et la couverture du vieux chancel au prix de 220 livres 18 sous 6 deniers. La couverture était en tuile avec gouttières de plomb. En 1619 on fit couvrir en ardoises, moyennant 30 livres, la *pyramide* ou flèche de l'Eglise. En 1628 on fit, moyennant 36 livres, réparer le grand autel, peindre et redorer le tabernacle. La moyenne cloche fut refondue en 1620, et la grosse en 1632 (152). Un don de 60 sous

(151) Picard, cité par Chemin, p. 28. — Le Batelier, Histoire d'Evreux, man., p. 174.

(152) Tous ces détails sont tirés d'un registre des comptes de la fabrique de 1613 à 1690, conservé dans l'église d'Acquigny. Le trésorier de 1620 porte en recette 30 livres pour un don de Monseigneur *Le Conte*, et 14 livres 8 sous pour un autre don de *Madame de Saint-Sauveur*. Nous supposons que ces personnages étaient le parrain et la marraine de la cloche. En 1632 Mademoi-

à la confrérie de S. Sébastien fait, en 1629, par Nicolas Piedevant, *vicaire d'Acquigny et, de présent, curé de Forest*, montre que cette confrérie existait dès lors à Acquigny (153).

Nous mentionnerons encore une ordonnance rendue le 30 août 1615 par l'archidiacre du Neubourg, en cours de visite, qui veut que les trésoriers portent au billon, conformément à l'édit du roi, la monnaie étrangère qu'ils possèdent en *ducattons, pièces de quarante-six solzs, pièces de trente solzs, testons de Lorraynne barrée, ung demy jaccobbus et une imperialle*. Le tout montant à 85 livres d'argent.

CHAPITRE VIII.

Acquigny de 1646 à 1746. — Désunion des baronies d'Acquigny et de Crevecœur. — Anne Leblanc du Rollet, baron d'Acquigny. — Séjour de Madame de Longueville. — Vente de la baronie en 1656. — Maison le Roux d'Esneval. — Visite des reliques. — Faits extraordinaires.

Anne Leblanc du Rollet, seigneur de la Croisette, et Jacques Deshommets, conseiller au parlement de Normandie, avaient, comme nous l'avons vu au chapitre précédent, acheté la baronie d'Acquigny et Crevecœur par contrat du 24 septembre 1646. Ils obtinrent au mois de novembre de la même année des lettres de désunion des deux baronies par lesquelles le roi incorpora au domaine non fieffé de Crevecœur 682 acres de bois de l'ancien domaine d'Acquigny, situées au-delà de la rivière d'Iton, du côté de Crevecœur (154). L'année suivante, par acte du 10 juin, ils firent entre eux le partage des baro-

selle de Tilly, marraine avec M. *le Général*, donna 18 livres. La refonte de la moyenne cloche coûta 246 livres 9 sous, et celle de la seconde 239 livres 8 sous.

(153) Ce Piedevant, rimeur infatigable, était né à Acquigny, et est l'auteur de divers opuscules dont nous parlerons dans la suite. Son don devait être employé à faire et à dorer le bâton de la confrérie. Il donna 63 sous à la même confrérie en 1652 et 1653.

(154) Mémoriaux de la ch. des comptes, B. 66, fol. 55.

nies. Anne Leblanc choisit Acquigny et Jacques Deshommets Crevecœur (155).

Dès qu'Anne Leblanc fut devenu seul propriétaire d'Acquigny, il s'empressa d'arrondir le domaine non fieffé de la baronie en y réunissant par clameur féodale un assez grand nombre de pièces de terre. Il rendit aveu au roi en 1651 et acheta en 1653, pour cinq mille livres, l'usufruit du château d'Acquigny, dont jouissait encore Catherine de Matignon, veuve de François de Silly (156). La femme d'Anne Leblanc, Françoise Dossigny, ne nous est connue que par deux dons de 24 livres chacun qu'elle fit à l'église d'Acquigny en 1652 et 1653, pour entretenir d'huile la lampe du grand autel (157).

Anne Leblanc descendait de ce Pierre Leblanc du Rollet qui avait conservé Pont-de-l'Arche à Henri III, pendant que les villes voisines embrassaient le parti de la ligue, et qui, en 1591, sous le maréchal de Biron, s'était emparé de Louviers. Récompensé par les gouvernements des deux villes, Pierre Leblanc ne laissa pas de joindre aux revenus de ces charges de grandes contributions levées sur les pays voisins, et eut l'audace, en 1594, de tenter un coup de main sur Rouen, pendant que Rosny y traitait de la paix au nom d'Henri IV (158). Lorsque le duc de Longueville eut le gouvernement de Normandie, les du Rollet s'attachèrent à sa fortune, et Mademoiselle dit de notre Anne Leblanc, baron d'Acquigny, que c'était un gentilhomme à M. de Longueville, *une manière de favori* (159).

(155) Acte passé au tabellionage de Louviers. — Extraits au chartrier du château. Anne Leblanc y prend les titres de chevalier seigneur du Rollet, la Croisette et de la Londe le Busc, conseiller du roi en son conseil d'état, maître d'hôtel ordinaire de sa maison.

(156) Contrats d'acquisition au chartrier du château. — Aveu cité dans le registre B 201, aux Arch. de la Seine-Inf. — Acquisition de l'usufruit. Invent., cote 26.

(157) Comptes de la fabrique, fol. 80 et 91. Il est à remarquer que Piedevant, qui fait un si grand éloge du baron d'Acquigny dans son poème de la Métamorphose, ne consacre pas un seul vers à sa femme.

(158) Daniel, Hist. de Fr., tome XIII, p. 109 à 111.

(159) M. Cousin, Madame de Sablé, p. 346.

Piedevant célèbre son intimité avec le duc et attribue aux dons de ce prince une grande partie de ses richesses (160). On l'appelait ordinairement *la Croisette*, à cause de son fief de ce nom.

Le baron d'Acquigny aida sans doute puissamment le duc de Longueville dans la guerre de la Fronde en 1649, quoique nous n'en ayons point trouvé de preuves. Mais les registres de la fabrique d'Acquigny nous révèlent les craintes qu'éprouvaient les populations paisibles, craintes trop justifiées par les habitudes des gens de guerre. Les trésoriers réunirent les plus précieux ornements de l'église dans une pièce dont on fit boucher la porte avec du plâtre. Plusieurs habitants y déposèrent une partie de leurs meubles et payèrent à l'église pour ce service une somme de 57 sous (161).

En 1650, après l'emprisonnement des princes, au mois de janvier, Madame de Longueville, réfugiée en Normandie, ne trouva pas du Rollet plus disposé que les autres gentilshommes de la province à renouveler immédiatement la guerre civile. Elle s'en montra blessée, mais elle se raccommoda plus tard avec lui par le moyen de son intime amie, mademoiselle des Vertus, et nous le voyons agir auprès de Mazarin et de la cour pour qu'il fût permis à la duchesse de retourner avec son mari (162).

Après la conversion de madame de Longueville arrivée, comme on sait, à Moulins, le 2 août 1654, ce fut à Acquigny que l'illustre princesse vint chercher pour un temps une paisible retraite. Elle y était au mois d'octobre, attendant M. et

(160) La Métamorphose des Nymphes, stances 27 et 28. Pièces justif., n° 23.

(161) « Payé pour du plastre, employé a boucher et a desboucher la porte du thresor, pendant les guerres, affin de mettre en seureté les ornements de l'eglise, et pour le masson, la somme de CIIII s.; sur quoy il a esté donné a l'eglise par quelques uns de ceux qui avaient mis des meubles dans le thresor, pendant les guerres, LVII s. sy bien qu'il a convenu payer pour l'eglise la somme de XLVII s. » — Registre des comptes, 1649, fol. 266.

(162) M. Cousin, Madame de Sablé, p. 347.

mademoiselle de Longueville (163) et elle s'y trouvait encore le 1er janvier 1655, où Piedevant dédiait son poème de la Métamorphose à « *Madame la duchesse de Longueville estant de present au chasteau du dit Aquigny.* »

Nous n'avons d'autres renseignements sur le séjour de madame de Longueville à Acquigny que le poème de Piedevant (164) et une ligne des comptes de l'église, 1654-1655, indiquant qu'une somme de VI livres a été donnée par *madame de Longueville en trois diverses fois.* Quant au poème de Piedevant, au milieu de son pathos mythologique, il est assez difficile de distinguer les faits réels qu'il veut décrire. Si cependant nous l'avons compris, un grand festin aurait été donné, dans les bois d'Acquigny, au triège du Château-Robert. Les jeunes filles du pays brillèrent dans les danses qui suivirent le repas, et du Rollet pensa leur être agréable aussi bien qu'à madame de Longueville en les engageant à un *nouveau ballet* dans son propre château. Mais soit que le baron ne fût point goûté de ses vassales, soit tout autre motif, une partie de ces demoiselles refusa l'invitation, et le poète suppose qu'en punition de ce crime elles furent changées en truites saumonnées.

Anne Leblanc du Rollet ne garda pas long-temps la baronie d'Acquigny, après le départ de madame de Longueville. Il la

(163) Dans une lettre en date du 28 octobre 1654, écrite par la princesse de Conti à son mari, on lit ces paroles : « Mlle de Longheville me vin » voir ier et me dit qu'elle partiroit bientost pour aller trouver Me de » Longheville a Quini une maison qui est a la Croissette et ou Mr de Longhe- » ville ce trouveroit. A ce que je peux connoistre elles ne son pas for bien » ensemble. ». — Ms. de la Bibl. imp., Fs Gaignières, no 2800. — M. Cousin (Madame de Sablé, p. 416) a mal lu ce passage et a imprimé : « Pour aller trouver Mme de Longueville a G. maison qui est à la Croisette. »

(164) Ce petit poème a été imprimé à Rouen, *L. Maurry*, 1655, in-8o de 16 p. Il est devenu une rareté bibliographique, et nous n'avons pu nous en procurer qu'une copie faite avec une grande exactitude par M. A. Canel, qui a bien voulu nous la communiquer avec son obligeance ordinaire. Nous l'avons fait imprimer en entier, Pièces justif., no 23.

vendit 186,000 livres à Claude le Roux, seigneur de Cambremont, par contrat du 12 octobre 1656 (165).

Claude le Roux, qui était conseiller au parlement, obtint, par lettres-patentes du mois de décembre 1665, la réunion à cette baronie de ses fiefs de Cambremont, Becdal, le Mesnil-Jourdain et la Métairie (166). Il rendit aveu au roi le 9 décembre 1665 et mourut à 75 ans, le 5 avril 1689 (167).

Son fils aîné Robert le Roux, chevalier, baron d'Esneval et d'Acquigny, vidame de Normandie, sire de Pavilly, châtelain de Cambremont et du Mesnil-Jourdain, seigneur de Becdal, conseiller au parlement de Rouen, était ambassadeur en Portugal lorsque son père mourut. Il envoya de ce pays en 1689 une procuration pour choisir comme préciput dans l'héritage paternel la baronie d'Acquigny. Son aïeule Françoise de Prunelé lui avait donné en 1677 la baronie d'Esneval et le vidamé de Normandie, sous condition d'en prendre le nom et les armes. Il avait épousé le 5 avril 1684 Anne-Marie-Madeleine de Canouville, et mourut en Portugal le 15 février 1693 (168).

Anne-Claude-Robert le Roux d'Esneval, chevalier, baron d'Esneval et d'Acquigny, vidame de Normandie, sire de Pavilly, etc., conseiller au parlement de Rouen, fils aîné du précédent, succéda à son père dans la baronie d'Acquigny sous la garde noble de son oncle Claude le Roux. Il devint président à mortier en 1712, et épousa au mois de mars 1714 Marie-Marthe le Marchand de Bardouville. Il en eut un fils unique Pierre-Robert le Roux auquel il remit sa charge de président dès 1741 et la baronie d'Acquigny vers 1746 (169).

(165) Le contrat auquel consent Françoise Dossigny, femme de du Rollet, est passé au tabellionage de Louviers. Invent., cote 18 et aveu de 1665.

(166) Aveu de 1665, B. 201, aux Arch. de la Seine-Inf. — Terrier de 1787. Les lettres de réunion furent enregistrées au parlement le 20 mai 1662, et à la chambre des comptes le 2 août 1663.

(167) Il achetait encore des pièces de terre à Acquigny le 23 octobre 1681, et son fils l'ambassadeur envoyait de Portugal en 1689 une procuration pour choisir son preciput. — Invent., cotes 36 et 82, et Pièces justif., 25.

(168) La Chesnaye-Desbois et invent. cote 38.

(169) Le chartrier du château contient une sommation du 20 juillet 1741,

Dans cette période de 1646 à 1746 nous avons rencontré trois faits qu'il est bon de recueillir. Les deux derniers se rapportent aux reliques des martyrs et pourraient s'appeler miraculeux s'ils étaient suffisamment attestés. Mais quel que soit le jugement qu'on en porte, ils appartiennent à l'histoire de la paroisse et fournissent d'utiles renseignements sur les usages et les mœurs du pays.

En 1662, le 5 septembre, l'archidiacre du Neubourg en cours de visite ne trouva ni curé, ni vicaire, ni aucun autre prêtre à Acquigny, que le sieur le Chien, *clerc de la paroisse*. Vu le danger de ce délaissement pour une population aussi nombreuse, l'archidiacre chargea ce dernier de la conduite de la paroisse, sauf à prendre, sur les revenus du bénéfice, acquis au défunt curé, une somme qui serait taxée par l'official (170).

Le 3 mai 1688, Jacques Potier de Novion, évêque d'Evreux, vint faire à Acquigny sa visite épiscopale, et voulut s'assurer par lui-même de l'authenticité des reliques, mais le prieur lui refusa les clefs. M. de Novion prit immédiatement une ordonnance pour fixer la visite au jeudi 20 mai, et obliger le prieur de comparaître devant lui. Le 18 mai, le prieur fit signifier au prélat un acte juridique contre la validité de son ordonnance, fondé sur ce que l'entreprise était nouvelle, et protestant que l'entrée qu'il donnera de son église, sa comparution et la visite des reliques, ne pourront préjudicier à ses droits, ni *diminuer en rien le culte et la vénération qui sont dus aux glorieuses dépouilles des saints martyrs Mauxe et Vénérand et de leurs* 38 *compagnons* (171).

Le 20 mai, un concours prodigieux de peuple remplit l'enceinte du prieuré. M. de Novion s'étant fait présenter les ossements des compagnons de S. Mauxe et de S. Vénérand ne les

fait au nom d'Anne-Claude Robert le Roux comme baron d'Acquigny, et un bail du 16 mai 1746 fait par Pierre Robert au même titre. Le père ne mourut qu'en 1666.

(170) Registre de la fabrique d'Acquigny, fol. 359.

(171) Des copies de l'ordonnance épiscopale et de la protestation du prieur sont au chartrier d'Acquigny.

trouva pas conservés avec assez de décence, et en distribua libéralement à ceux qui l'entouraient. Arrivé à une dernière caisse *de laquelle sortaient les quatre coins d'un linge blanc, il prit les quatre coins de ce linge et renversa sur la nappe de l'autel les ossements qu'il contenait. Et ce linge parut au prélat et aux spectacteurs aussi rouge que s'il venait d'être trempé dans le plus beau sang qu'il fût possible de voir.* Le prélat effrayé remit les ossements dans leur caisse et reprit ceux qu'il avait distribués. Le même jour, lorsqu'il retournait à Evreux, le meilleur des six chevaux qui traînaient son carrosse tomba mort au passage du Bois-des-Faulx, à l'endroit où les martyrs avaient été poursuivis. Près d'Evreux, sur le pont de Gravigny, les chevaux prirent l'épouvante, et le prélat revint à pied dans son palais où il resta quelque temps malade (172).

Le 25 mai 1724, fête des martyrs, Acquigny fut témoin d'un autre fait extraordinaire. Une demoiselle Bourdon, d'une famille honorable d'Elbeuf, et si faible des jambes, depuis longtemps, qu'elle ne pouvait marcher, avait été apportée devant l'autel de S. Mauxe et de S. Vénérand. Elle y recouvra la force nécessaire pour suivre la procession jusqu'au lieu du martyre où *elle passa à genoux sous l'autel de pierre comme il est d'usage.* La foule émue criait miracle. La demoiselle Bourdon revint pendant plusieurs années suivre la procession du 25 mai, un cierge à la main (173).

(172) Ce récit est tiré d'une longue lettre écrite en 1776, à M. le Président d'Acquigny qui l'avait demandée, par un ancien curé de Romilly près Conches, nommé Gosseaume. Ce prêtre avait alors 80 ans et tenait ces détails de son père, témoin oculaire. Le bon curé a soin d'ajouter qu'il supprime *les propos abondants et peu chatiés* que tint le public sur les évènements de cette journée. Cette lettre est conservée à l'église d'Acquigny au milieu des authentiques des reliques. Quelques circonstances sont mentionnées dans une note de la main du prieur, à la suite de la protestation de 1688. — Arch. de l'Eure.

(173) Ces faits sont constatés dans une enquête officielle faite en 1771, sur la demande de M. le Président d'Acquigny et par ordre de l'évêque d'Evreux. Cette enquête est conservée parmi les authentiques.

Chapitre IX.

Acquigny de 1746 à 1790.—Pierre-Robert le Roux d'Esneval, dit président d'Acquigny. — Echange du patronage. — Acquisition du prieuré.—Agrandissements de l'église.—Consécration de l'évêque de Coutances.— Translation de onze cercueils des membres de la famille le Roux.—Processions de 1785.— Mort du président.—Son fils.

Pierre-Robert le Roux d'Esneval, président à mortier au parlement de Normandie, et connu sous le nom de président d'Acquigny, possédait cette baronie du vivant de son père en 1746, comme nous l'avons vu au chapitre précédent. Il avait épousé, par contrat du 23 juillet 1742, Françoise-Catherine Clerel de Rampen, baronne du Bois-Normand, dame de Sey, Saint-Côme et la Rouillière (174). Magistrat d'une piété éminente, Pierre-Robert le Roux professait la plus grande vénération pour les martyrs d'Acquigny, et ne voulut rien négliger pour augmenter celle des peuples.

Dès le 10 mai 1746, Mgr de Rochechouart, évêque d'Evreux, était sur son invitation au château d'Acquigny. Après avoir donné la confirmation dans l'église paroissiale, le prélat se rendit processionnellement à la chapelle Saint-Mauxe qu'il trouva dans un état peu décent. Il prit une ordonnance pour enjoindre au prieur de faire les réparations nécessaires, sous peine d'interdiction de la chapelle. M. le Président s'étant chargé de la restauration des reliquaires, Mgr de Rochechouart revint, au mois de décembre de la même année, placer les pieuses dépouilles dans une nouvelle châsse et deux nouveaux bustes. Il rendit à cette occasion une ordonnance qui prescrit de célébrer la procession et l'office des martyrs sous le rit solennel majeur, et permet aux membres de la confrérie de Saint-Mauxe

(174) Elle était fille d'André Clerel, chevalier, seigneur de Sey, et de Catherine-Françoise de Thieuville, baronne du Bois-Normand et des Bottereaux, dame de Saint-Côme, de la Rouillière, etc.

d'y porter les châsses contenant les reliques, après toutefois s'être approchés du sacrement de pénitence (175).

En 1747, par contrat du 28 novembre, M. le Président d'Acquigny échangea avec le même évêque d'Evreux, abbé commendataire de Conches, le patronage de la cure d'Acquigny, qu'avait cette abbaye, pour le patronage alternatif de la cure de Vaux-sur-Risle, qu'il avait lui-même, comme baron du Bois-Normand et des Botteraux, du chef de sa femme (176).

Cette même année, le pieux président, qui n'avait encore qu'une fille née en 1744, éprouva une grande joie de la naissance d'un fils arrivée la nuit même de la Pentecôte. Il le nomma Esprit-Robert-Marie et voulut, par reconnaissance, faire reconstruire l'autel principal de l'église d'Acquigny, derrière lequel il fit graver une inscription commémorative (177).

En 1750, Mgr de Rochechouart, sur la demande du curé, du vicaire et des habitants d'Acquigny, et par suite de l'inexécution de son ordonnance de 1746, interdit la chapelle Saint-Mauxe, et prescrivit le transport des reliques dans l'église paroissiale. Cette cérémonie eut lieu le 19 avril de la même année.

L'état d'abandon du prieuré affligeait la piété de M. d'Acquigny. Il ne vit pas de meilleur moyen de le faire cesser que d'acheter lui-même l'établissement, ce qu'il fit en 1752 (178).

(175) Extraits d'une ordonnance de M. de Rochechouart du 21 décembre 1746. Chemin, Vie des bienheureux martyrs S. Mauxe et S. Vénérand, p. 33. Dans sa visite de la chapelle, le prélat ouvrit les caisses scellées du sceau de M. de Novion et replaça les ossements des martyrs dans deux châsses de bois d'acacia, excepté huit de ces ossements qu'il mit dans un reliquaire de bois sculpté et doré destiné à l'église paroissiale. — Voyez le procès-verbal des visites des reliques publié dans l'Almanach du diocèse de 1861.

(176) L'autre patron alternatif était le seigneur de Vaux. Cet échange, passé au notariat d'Evreux, fut confirmé par lettres-patentes de février 1748 (Mémoriaux de la chambre des comptes en 1752, B. 125, Arch. de la Seine-Inf.), et par un bref de Benoît XIV du 4 mars 1755 enregistré au parlement le 12 juin suivant (terrier de 1787).

(177) Le texte de cette inscription gravée sur cuivre est donné, Pièces justificatives n. 24.

(178) Contrat du 9 mai 1752 communiqué par M. le Riche. Il est passé au

Le contrat l'obligeait à payer 900 livres de rente au prieur et à supporter toutes les charges du prieuré. De plus, il avait la liberté de démolir l'ancienne chapelle et les bâtiments réguliers, à condition d'édifier sur le tombeau des martyrs une chapelle plus petite pour y acquitter les fondations. Les clauses de ce contrat furent scrupuleusement accomplies. M. d'Acquigny fit bâtir une nouvelle chapelle avec les débris de l'ancienne, l'entoura de boiseries à l'intérieur, et plaça sous l'autel une grande partie des ossements des martyrs, dans l'état où nous les voyons encore aujourd'hui.

Le pieux président ne s'en tint pas là, il voulut faire augmenter et orner magnifiquement l'église paroissiale. La première pierre des nouvelles constructions fut bénie le 27 septembre 1755, et les travaux étaient terminés le 27 mai 1756, où eut lieu la bénédiction des parties neuves de la nef par Mgr Arthur-Richard Dillon, évêque d'Evreux, assisté de MM. de Lavaur, Booth et de Lubersac, ses vicaires-généraux (179).

Le 31 octobre de la même année, un autre évêque fort lié avec le président, Jacques-Richier de Cerisy, évêque de Lombez, bénissait une tribune construite au bas de la nef (180).

L'année suivante eut lieu, dans l'église d'Acquigny, une cérémonie que voit bien rarement une simple église rurale. Jacques-Lefebvre Duquesnoy, évêque nommé de Coutances, y fut consacré par Louis-François Néel de Cristot, évêque de Séez, assisté de Jean-François Dondel, évêque de Dôle, et de François-Joseph de Montlouet, évêque de Saint-Omer. En mémoire de ce fait, le nouvel évêque fit remettre à l'église d'Ac-

notariat de Rouen avec les procureurs de Guillaume-Louis Forcade, prieur d'Acquigny, et des abbés et religieux de Conches. Il fut confirmé par lettres-patentes de juin 1752, Mémor. de la chambre des comptes, B. 125, fol. 77. Sur une requête présentée par M. d'Acquigny à la diète de la congrégation de Saint-Maur, on lui permit de laisser les reliques dans l'église paroissiale, à condition d'en faire placer des ossements dans la chapelle qu'il devait construire, et un reliquaire honnête dans l'église de Conches.—Chartrier d'Acquigny.

(179) Procès-verbal de cette bénédiction aux Archives du château.

(180) Procès-verbal, ibid.

quigny un bras de S. Gaud, évêque d'Evreux, dont les reliques sont conservées à Saint-Pair, dans le diocèse de Coutances (181).

Madame la présidente d'Acquigny était morte à Rouen le 8 mars 1753. Le président maria, le 17 août 1763, sa fille Anne-Marie-Françoise le Roux d'Esneval, âgée de 19 ans, avec Armand-Michel de Pomereu, chevalier, marquis des Riceys, président à mortier du parlement de Rouen, âgé de 25 ans (182). Son fils Esprit-Robert-Marie épousa, le 5 novembre 1772, Françoise-Félicité de Morant (183). Ces deux mariages eurent lieu dans l'église d'Acquigny et y furent bénis par Mathieu-Réné de Langle, chanoine, puis archidiacre d'Evreux.

Dans l'intervalle M. d'Acquigny avait fait construire derrière le chœur de l'église une chapelle fort richement ornée qui fut dé-

(181) La relique fut remise à Rouen à M. le Président d'Acquigny, le 11 février 1760, par l'évêque de Coutances qui s'y trouvait alors pour l'assemblée provinciale du clergé. L'authentique, conservé à l'église d'Acquigny, mentionne tous ces faits.

(182) Armand-Michel de Pomereu était fils de feu Jean-André de Pomereu, chevalier marquis des Riceys, conseiller en la grand-chambre du parlement de Paris, et d'Elisabeth de Gourgue. Les témoins sont, avec le président d'Acquigny et la mère de l'époux, Clair-Marie-Joseph de Pomereu, sous-lieutenant aux gardes-françaises; Catherine-Elisabeth de Pomereu, veuve de Louis le Boulenger d'Hauqueville, maître des requêtes; Anne-Claude-Robert le Roux d'Esneval, vidame de Normandie, etc., aïeul de l'épouse et sa femme Marie-Marthe le Marchand de Bardouville; Esprit-Robert-Marie le Roux d'Esneval, frère de l'épouse, etc.

(183) Elle était fille de feu Thomas-Charles de Morant, chevalier, comte de Penzès, baron de Fontenay, seigneur châtelain de Brequigny, de Konau, Kaugoumart et Guernizac, maréchal-de-camp, chevalier de Saint-Louis, et de feue Anne-Françoise de la Bonde d'Iberville, dame de Rupiere. Les témoins sont : le père de l'époux, président à mortier honoraire du parlement de Rouen, demeurant ordinairement à Rouen, à son hôtel, rue de la Chaîne, et depuis plus d'un an à son château d'Esneval, paroisse de Pavilly; Armand-Michel de Pomereu et sa femme; Françoise-Marthe-Angélique de Nollent, dame d'Hebertot, veuve de Henri-François de Paule d'Aguessau, conseiller d'Etat; Marie-Catherine de Bigards de la Londe, veuve de Charles-François de la Bonde d'Iberville, président à la cour des comptes de Normandie, aïeule maternelle de l'épouse; Thomas-Louis-Marie-Geneviève de Morant, frère de l'épouse; Marie-Charlotte-Josephe de Morant de Penzès, sa sœur.

diée au Saint-Esprit en 1769 (184). Il avait résigné en 1772 sa charge de président à mortier en faveur de son fils qu'on appela le président d'Esneval, tandis que le père conservait le nom de président d'Acquigny.

A partir de cette époque, Pierre-Robert le Roux d'Esneval appliqué plus que jamais aux exercices de la piété chrétienne, vint habiter plus souvent son château d'Acquigny. Il donna une nouvelle marque de son affection pour cette résidence en y faisant transférer, le 6 mars 1779, les corps de tous les membres de sa famille inhumés dans l'église des Célestins, de Rouen, qu'on venait de supprimer (185). Onze cercueils de plomb et une boîte d'argent, qui contenait le cœur de Pompone le Roux, furent placés dans un caveau derrière le grand autel.

Le mausolée des le Roux en marbre noir et en marbre blanc fut aussi un peu plus tard transporté à Acquigny et placé dans une chapelle construite à cet effet au bas du sanctuaire du côté de l'évangile, et dédiée à S. Robert le 31 mai 1779 (186). Les soins pieux du président d'Acquigny ne l'empêchaient pas d'être mêlé aux évènements de son époque et de défendre les intérêts du corps auquel il appartenait. En 1753, dans l'affaire des refus de sacrements à Verneuil, il faisait partie des mem-

(184) Procès-verbaux au chartrier du château. — La première pierre fut bénie par le curé d'Acquigny le 20 février 1768, et la chapelle elle-même le 12 décembre 1769 par Mathieu-René de Langle.

(185) Procès-verbal de cette translation, Pièces justif., n° 25. Un décret du cardinal de la Rochefoucauld, archevêque de Rouen, du 12 juillet 1783, et un arrêt du parlement du 22 avril 1784 transfèrent dans l'église d'Acquigny les fondations faites le 19 septembre 1699 dans celle des Célestins. Elles consistaient en vingt-quatre messes basses le premier lundi et le premier vendredi de chaque mois, et en deux services solennels, l'un le 3 janvier jour du décès de Madeleine de Tournebu en 1661, et l'autre le 5 avril jour du décès de Claude le Roux, seigneur de Cambremont en 1689. — Ancien tableau des fondations de l'église d'Acquigny.

(186) La bénédiction fut faite par M. de Bonnières, chanoine d'Evreux. — Terrier de 1787, p. 9. Une vertèbre du cou de S. Robert, fondateur de Cîteaux, obtenu des religieux de Molesme, fut transférée dans cette chapelle, au milieu d'un grand concours de peuple, le 10 juin 1781. Procès-verbal de cette translation parmi les authentiques de l'église.

bres du parlement mandés à Paris pour y recevoir du roi et du chancelier Lamoignon une sévère réprimande (187). Il en reçut une plus dure encore en 1755, pour son opposition à l'édit du 10 octobre, auquel la chambre des vacations qu'il présidait avait défendu d'obéir (188). En 1774, après la dissolution du parlement, un arrêt du conseil supérieur de Rouen lui ayant défendu de se qualifier président, *il n'en fit que rire* (189), et avec raison, car trois mois après, le parlement était rétabli. M. d'Acquigny assista avec son fils au fameux banquet donné à cette occasion, et qui coûta la somme énorme de 23,600 livres (190).

Avant de mourir, le vénérable président eut la joie de voir une nouvelle manifestation publique de la confiance dans le secours des martyrs d'Acquigny, confiance qu'il éprouvait lui-même à un si haut degré. C'était en 1785; une sécheresse extraordinaire ayant régné pendant tout le printemps, Mgr de Narbonne, évêque d'Evreux, autorisa une procession solennelle à Acquigny, pour implorer l'appui des saints martyrs. Le 16 mai au soir, lundi de la Pentecôte, deux députés du chapitre d'Evreux accompagnés de M. de Bonnières, vicaire-général, et de trois autres chanoines, se rendirent à Acquigny. Le lendemain, arrivèrent dès cinq heures du matin, avec une grande affluence de peuple, les processions de 13 paroisses voisines. On y remarquait les pénitents, le corps de ville, les officiers de la haute-justice et presque tous les habitants de Louviers. Après une messe solennelle, la procession sortit de l'église à sept heures pour se rendre au lieu du martyre appelé le *Clos-Saint-Mauxe*. Les principales reliques étaient portées par les chanoines d'Evreux. M. le Président d'Acquigny et tout le peuple suivaient. Du lieu du martyre on revint à l'église chanter une seconde messe où prêcha M. de Bonnières. Le lendemain une ondée de pluie ra-

(187) Floquet, Hist. du parl., t. 6, p. 298.
(188) Floquet, t. 6, p. 343.
(189) Floquet, t. 6, p. 721.
(190) Floquet, t. 7, p. 29.

fraîchit la terre et les processions continuèrent d'affluer les jours suivants (191).

Pierre-Robert le Roux d'Esneval mourut à Acquigny, le 1er septembre 1788, à l'âge de 71 ans et 26 jours, il fut inhumé le 3 dans le caveau placé sous la chapelle du Saint-Esprit. Son cœur, d'après son ordre verbal, fut porté, le 9 du même mois, dans le caveau du monastère des Gravelines de Rouen, où reposait madame la Présidente (192).

Cette mort fut pour le pays un deuil public. La majeure partie des grands revenus de M. le Président d'Acquigny avait été employée en bonnes œuvres. Il donnait beaucoup aux pauvres et se plaisait à orner et à bâtir des églises. Il a reconstruit à ses frais presque toutes celles des paroisses dont il avait le patronage. On en compte trois dans le département de l'Eure : Acquigny, le Bois-Normand près Lyre et Villetes.

Son respect pour les reliques des saints était extrême; la présence de leurs restes vénérés le pénétrait d'un vif souvenir

(191) Une relation de cette cérémonie se trouve parmi les authentiques de l'église. On y trouve les noms des paroisses qui accomplirent le pélerinage, savoir : le 17 mai, Notre-Dame, Saint-Jean et Saint-Germain de Louviers, les Planches, Pinterville, Villetes, Vironvay, Daubeuf, Amfreville, Heudreville, Fontaine-Heudebourg, Cailly, Saint-Vigor. Le 25 : les Planches, Pinterville, Fontaine-Heudebourg, Feuguerolles, Saint-Germain-des-Angles, Emalleville, Mesnil-Fuguet, Champenard, Saint-Pierre-la-Garenne, Saint-Pierre-de-Bailleul surnommé Notre Dame-de-la-Grâce, Villez-sur-Grâce, Saint-Etienne-sous-Bailleul, la Chapelle-Genevray, Saint-Ouen-d'Acauville (l. Saint-Amand-d'Ecauville), Saint-Ouen de Port-Mort. Le 27 : Quatremarre, Surville, Surtauville, Crosville, Damneville, Montaure, Ecquetot, Irreville, Caër, Normanville, Fontaine-sous-Jouy. Les processions continuèrent jusqu'en juillet, et celle de Muids fut la soixante-unième et la dernière.

(192) L'acte lui donne les titres de : chevalier, baron d'Acquigny, du Bois-Normand, des Botereaux, marquis de Gremonville, seigneur et patron d'Ivecrique, seigneur et patron honoraire d'Amfreville-les-Champs, conseiller du roi en tous ses conseils, président à mortier honoraire du parlement de Rouen. Son fils Esprit-Robert-Marie y est qualifié : chevalier, baron d'Esneval, vidame de Normandie, sire de Pavilly, seigneur et patron de Villers-le-Chambellan, Ecales-Neville, la Heuse, Bellentot, les Ifs, les Catillons, seigneur et patron honoraire de Barentin, conseiller du roi en tous ses conseils, président à mortier du parlement de Rouen.

de leurs vertus et l'animait d'une généreuse ardeur à les imiter. Aussi n'a-t-il épargné ni frais, ni démarches, pour en faire venir de diverses contrées en sa chère église d'Acquigny (193).

Il l'avait aussi pourvue de beaux livres liturgiques et de magnifiques ornements, avec une mitre et une crosse, à l'usage des nombreux évêques qui venaient lui rendre visite (194).

Il allait lui-même visiter souvent les religieux de la Trappe. A Acquigny, il quittait le château de temps à autre, pour habiter avec un seul domestique un logement très-simple, contigu à l'église et à une tribune ouverte sur la chapelle du Saint-Esprit. C'est dans cette humble demeure qu'il est mort. A côté de la tribune on voit encore un petit oratoire où le vénérable président, prosterné aux pieds du Crucifix et les yeux attachés sur une tête de mort, méditait les vérités éternelles. Cette tête est celle de Dom Rigobert Levesque, mort en odeur de sainteté le 14 novembre 1679, entre les bras de l'abbé de Rancé.

Le fils du président, Esprit-Robert-Marie le Roux d'Esneval, qui était lui-même président à mortier au parlement de Normandie, eut la baronie d'Acquigny à la mort de son père et en a été le dernier seigneur. Le château et les terres sont encore aujourd'hui la propriété de madame la comtesse Dumanoir, sa

(193) Outre les reliques des martyrs d'Acquigny, cette église en renferme encore de S. Taurin, des apôtres S. Pierre, S. Paul, S. Jean l'Evangéliste, S. Thomas, S. Jacques le Majeur, S. André, S. Philippe, S. Barthélemy, S. Mathieu, S. Jacques le Mineur, S. Mathias, S. Simon et S. Thaddée, de S. François de Sales, Ste Jeanne de Chantal, S. Robert, Ste Cécile, S. Vital, S. Venceslas, S. Jean-François Régis, S. Letancius, S. Lucencius, S. Maxime, S. Modeste, S. Flavien, S. Cesaire, Ste Vincence, les SS. compagnons de S. Denis, Ste Perpétue, Ste Félicité, S. Sébastien, S. Amand, S. Benigne, S. Columban, S. Basile, S. Généreux, Ste Catherine, Ste Marthe, S. Joseph de Cupertin, Ste Austreberte, Ste Framéchilde, Ste Julienne, Ste Pauline, S. Gaud, S. Antoine et S. Eterne.

(194) Mgr Dillon, évêque d'Evreux, étant à Acquigny le 29 mai 1756, donna par écrit l'autorisation pour les évêques de France de faire dans l'étendue de la paroisse toutes fonctions et cérémonies épiscopales, excepté l'ordination. Cette autorisation fut renouvelée par Mgr de Lézay de Marnézia le 18 mars 1762 et par Mgr de Narbonne le 25 décembre 1780. Authentiques de l'église.

petite-fille. C'est à la bienveillante communication qu'elle nous a faite des pièces de son chartrier que nous devons la plus grande partie des renseignements contenus dans cette notice.

LISTE DES CURÉS OU VICAIRES PERPÉTUELS D'ACQUIGNY,
Extraite du grand pouillé du diocèse d'Evreux et des actes de l'Etat-civil.

Avant 1489, JEAN BAUDET.

1489, GUILLAUME GODEFROY, après la mort du précédent.

1497, JEAN DE LAN, par permutation avec le précédent (195).

1522, GILLES LE QUIN, après la mort du précédent.

1523, JEAN VIMONT, par lettres de provision du légat.

1528, avril, ANTOINE PATOUILLET, permute avec le suivant.

1528, avril, MICHEL DUPLESSIS, prêtre, par permutation avec le précédent.

1528, septembre, MICHEL DE QUITTEBEUF, prêtre, après démission du précédent.

1528, novembre, GUILLAUME GEROULT, prêtre, après démission du précédent.

1528, décembre, ANTOINE PASQUOT, par lettres de provision de Rome.

1530, JEAN DE MAILLOT, après démission du précédent.

1544, NICOLAS DURAND, prêtre, par lettres de Paul III.

1556, THOMAS DU BOULLEY, prêtre, après la mort du précédent.

1557, juillet, GUILLAUME LE CHIEN, prêtre, après la mort du précédent.

1557, septembre, JEAN DE SAINT-CLER, religieux de Conches, après la mort du précédent.

1567, JEAN RASSENT, religieux de Conches.

1568, MATHURIN LE VAVASSEUR, religieux de Conches, après la mort du précédent.

(195) Jean Mallet est présenté le 22 mai 1498, après la mort de Guillaume Godefroy, et permute son droit le 2 août 1500 avec Guillaume Postel pour la cure de Saint-Aubin-du-Vieil-Evreux. Ils ne paraissent pas avoir eu la possession réelle du bénéfice.

1587, MATHURIN DUPREY, religieux de Conches, par permutation avec le précédent.

1588, JEAN LE VAVASSEUR, prêtre, chapelain de la cathédrale d'Evreux, après la démission du précédent.

1589, DENIS GUERIN, prêtre, après la démission du précédent.

1603, MARIN REGNAULT, prêtre, par permutation avec le précédent.

1608, MATHURIN PICARD, prêtre, par résignation du précédent.

Avant 1611, PIERRE FRIGARD.

1611, JACQUES PHILIPPE, sous-diacre, après la mort du précédent.

1645, JEAN DU BUC, diacre, par résignation du précédent.

1662, janvier, GABRIEL DE MOGERETZ, prêtre, après la mort du précédent.

1662, septembre, JEAN HEURTAULT, prêtre, après la mort du précédent.

1664, PHILIPPE LANGER, par permutation avec le précédent.

1681, NICOLAS GODIN, après la mort du précédent (196).

1685, GUILLAUME BEAUCOUSIN, par résignation du précédent.— Mort à 69 ans et inhumé à Acquigny le 28 août 1721.

1722, SAUVALLE, devenu curé d'Ancretieville en 1752.

1752, SAINTARD n'a signé qu'un acte le 14 mars et est devenu curé du Mesnil-Jourdain.

1752, HEBERT, curé du mois d'avril au mois de septembre, depuis curé de Villettes.

1752-1765, DUCLER.

1768-1776, DUMAIS.

1776-mai 1791, FAUCON.

(196) Guillaume Prevost, prêtre, est présenté la même année par Antoine Leroi des Bordes, prieur d'Acquigny, mais il ne paraît pas avoir pris possession. Néanmoins, en 1688, le prieur présenta Guillaume Beaucousin sur la démission de Guillaume Prevost, sans doute pour soutenir ses prétentions. Ce Guillaume Prevost a fait quelques actes en 1682, mais dès 1683 la paroisse est administrée par un prêtre commis par l'évêque jusqu'à la fin du procès entre les présentés.

TOPOGRAPHIE FÉODALE, MONUMENTS, &.

La paroisse d'Acquigny contenait sept fiefs : 1° Acquigny; 2° Becdal; 3° Cambremont ou le Hamel; 4° le Camp-Jaquet ou Surville; 5° la Métairie; 6° un second fief du nom de la Métairie; 7° Saint-Mauxe.

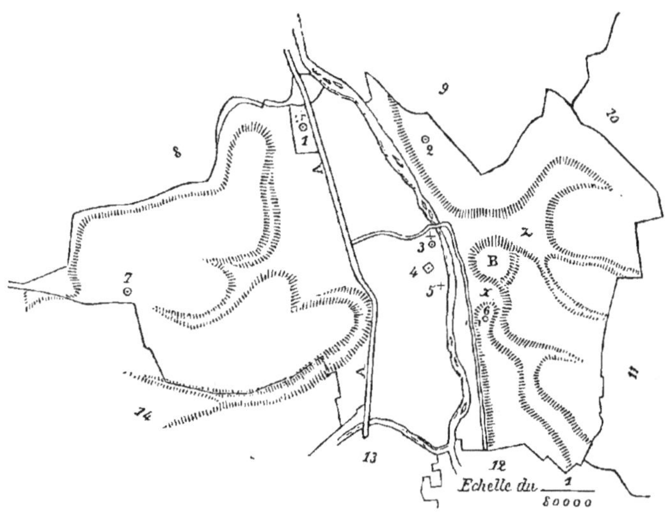

LÉGENDE : FIEFS, 1 Becdal, 2 Camp-Jaquet ou Surville, 3 Château-d'Acquigny, 4 Saint-Mauxe ou le Prieuré, 6 Cambremont ou le Hamel, 7 les deux fiefs de la Métairie, — 3 église marquée par une croix à côté du château, 5 emplacement de la chapelle Saint-Lambert, A route d'Evreux à Louviers, B enceinte fortifiée appelée Château-Robert, x z fossé qui sépare cette enceinte du plateau. — COMMUNES LIMITROPHES : 8 Le Mesnil-Jourdain, 9 Pinterville, 10 Heudebouville, 11 Ailly, 12 Heudreville, 13 Les Planches, 14 Amfreville-sur-Iton.

I BARONIE D'ACQUIGNY.

Son chefmois a toujours été situé à l'endroit qu'occupe le château (197). Celui-ci qui n'est plus qu'une agréable habita-

(197) L'aveu de 1584, parlant de l'ancien château détruit, dit qu'il était « *placé près de l'église... et de la rivière d'Eure.* »

tion de campagne a été construit vers le milieu du XVIe siècle sur les ruines de l'ancienne forteresse des Tosny détruite en 1378.

Le baron d'Acquigny était membre de droit de l'ancien échiquier de Normandie, et tenu d'y comparaître.

Dix-huit fiefs relevaient d'Acquigny d'après le terrier de 1787 et les aveux que nous publions. Voici la liste de ces fiefs :

Fiefs relevant d'Acquigny.

Pleins-fiefs. 1° La Chapelle-du-Bois-des-Faux; 2° les Planches; 3° le Mesnil-Jourdain (198). De ce dernier relevaient trois quarts de fiefs : La Villette à Saint-Jean-de-Louviers, le Vieux-Rouen à Saint-Pierre-du-Vauvray, Montpoignant à Léry; et un huitième de fief à Criquebeuf-sur-Seine, désigné successivement sous les noms de Voignard, Mesnillet, Mesnil ou fief de Criquebeuf.

Quarts de fief. Sur Acquigny, 1° le fief Saint-Mauxe; 2° Cambremont ou le Hamel; 3° Surville ou Camp-Jaquet; 4° Becdal, d'où relevait un huitième de fief situé sur Heudreville et appelé le Mouchel. Sur Vieux-Villez, 5° le fief de la Rue ou du Vieux-Villez. Sur Heudreville, 6° le Quart-d'Acquigny ou Bois-Renard (199).

Huitièmes de fief. Sur Acquigny, deux fiefs du nom de la Métairie. Sur la Vacherie, deux fiefs du nom de Carcouet (200).

Justice. La baronie jouissait des droits de haute, moyenne et basse justice. Ces droits étaient exercés par un vicomte ou bailli vicomtal et son lieutenant, assistés d'avocats, d'un procureur fiscal, d'un greffier, de sergents, d'un garde du scel, d'un tabellion, de jaugeurs, etc. Il y avait aussi droit de ver-

(198) La chatellenie du Mesnil-Jourdain ne relevait pas d'Acquigny avant 1661, où elle lui fut réunie par lettres-patentes.

(199) Surville, Vieux-Villez et Becdal étaient dits huitiesmes de fief dans l'aveu de 1455.

(200) L'un des fiefs de la Métairie appartenant à l'Hôtel-Dieu de Louviers fut réuni à la baronie en 1657.

derie avec sergents dangereux et à garde pour la conservation des bois et rivières. Les appels des sentences du verdier étaient portés devant le bailli vicomtal.

Le bâtiment où se rendait la justice, et qu'on appelle encore aujourd'hui la prison, se trouve près du pont, sur la rive droite, et a peut-être remplacé ce manoir de Guillaume de Poissy que nous avons vu, situé au XIIIe siècle *in exitu pontis*. C'est une construction en partie du XVIe siècle avec croisée en pierre de taille à meneaux.

Le rez-de-chaussée, qui est maintenant une cave, servait de prison, et le premier étage contenait une assez vaste salle d'audience. Le propriétaire de la maison nous a montré un tableau peint à l'huile qui ornait autrefois cette salle. Il représente un Christ en croix accompagné de la Sainte Vierge et de Saint Jean. Au bas est écrit le texte : *Noli quærere fieri judex,* etc........ Eccl. 7., et la date 1596.

La haute justice d'Acquigny recevait les appels des sentences rendues par les sénéchaux des arrière-fiefs. Les appels de ses propres sentences étaient portés devant le juge royal du Pont-de-l'Arche.

Domaine. Le domaine non fieffé était presque tout entier compris sur le territoire d'Acquigny. Ses principales extensions étaient sur la paroisse d'Heudreville. Son étendue en terres a constamment varié. Les bois avaient une contenance de 630 acres en 1787.

Moulins, Rivières et Forêts. Le terrier de 1787 mentionne trois moulins à Acquigny : le moulin du Bourg, le moulin de la Ruelle sur l'Iton, et un troisième sur l'Eure, au village du Hamel, converti en moulin à drap. L'aveu de 1584 parle d'un quatrième moulin sur l'Iton, au lieu nommé Perchet, qui était détruit dès cette époque, parce que les autres suffisaient aux besoins des vassaux. Ces moulins avaient le droit de banalité sur tous les habitants des paroisses d'Acquigny, de Vieux-Villez et de la partie d'Heudreville qui relevait d'Acquigny. Les propriétaires qui ne résidaient pas étaient tenus de payer les *vertes moutes* de toute espèce de grain, à raison de la 16e gerbe, avant que rien ne soit enlevé du champ, sous peine de confiscation des gerbes, charrettes, chevaux et harnais. Tous les vassaux de la baronie étaient tenus de venir moudre au moulin d'Acquigny, s'ils n'avaient eux-mêmes droit de moulin, ou si leur moulin ne marchait pas. Les habitants d'Ailly en particulier devaient porter leurs grains au moulin du Hamel de Cambremont, quand le moulin du Ru du Bec ne marchait pas.

Le baron d'Acquigny avait la propriété de la rivière d'Eure et droit de pêche depuis le fossé d'Iton, près le clos Saint-Mauxe, jusqu'à *la Fieffe de Pintcrville,* à un grand orme planté sur le bord de la rivière ; et, à partir de cet orme, il avait encore le droit de faire jeter l'épervier volant jusqu'à l'endroit dit *le Clos-Miclor* ou *Fosse-Mouille-Pain.* Son droit de pêche sur la rivière d'Iton s'étendait depuis les portelles au-dessous du pont des Planches jusqu'à l'embouchure de cette rivière dans l'Eure.

Le pont construit sur l'Eure dont nous avons constaté l'existence au XIIIe siècle, subsistait encore en 1592 puisque, selon Sully, Henri IV avait eu le projet d'aller le rompre pour couper la retraite au duc de Parme qui lui avait échappé à Caudebec. Ce projet ne fut pas mis à exécution; mais en 1785 le pont était détruit et la procession S. Mauxe de cette année traversa la rivière sur un bac. Le terrier de 1787 signale parmi les droits seigneuriaux, le droit de *bac et passage.* Chaque bateau ou *échaude* payait au Seigneur 4 deniers. Les bateaux neufs ou qui passaient pour la première fois par Acquigny payaient 5 sous.

Les droits de la baronie d'Acquigny dans la forêt du Pont-de-l'Arche ou de Bord consistaient en droit de pennage et pâturage pour ses bêtes et porcs, droit de prendre tout le bois nécessaire à construire et à réparer ses bâtiments et en outre quatre-vingts mesures de bûches par an de 12 pieds et demi de long, en payant 12 deniers pour la façon de chaque mesure. Le baron devait en outre payer chaque année en la recette du domaine du Pont-de-l'Arche une douzaine d'aiguillettes de soie verte, d'après une ordonnance de la chambre des comptes en 1589.

Droits seigneuriaux. L'aveu de 1455 mentionne encore le service d'*ost.* Tous marquent pour les vassaux nobles l'obligation de faire la garde à l'une des portes du château, et pour les roturiers celle de faire le guet sur les murailles.

Le droit de *fouage* subsiste, au moins dans les titres, jusqu'en 1787. Il consistait à lever, sur tous les habitants de la baronie et des fiefs qui en relevaient, 12 deniers par feu de 3 ans en 3 ans à la Saint-Jean, comme le roi faisait lui-même en son duché de Normandie.

L'aveu de 1584 parle du droit de *four banal*, comme ayant déjà été accensé aux habitants d'Acquigny, pour une redevance fixe.

Le droit du *pressoir banal* pour vins et toutes sortes de boissons était du sixième pot.

Le terrier mentionne encore les droits ordinaires de *tor et ver*, de *colombier à pied*, de *treizièmes*, *champart*, *reliefs*, etc. Ce dernier droit offrait un usage particulier. A la mort de chaque vassal, le lieu du décès, s'il lui appartenait, payait 3 sous, l'acre de terre 1 sou, les vignes, prés et autres biens suivant leur valeur.

Mais l'un des droits les plus importants était celui de quatre *foires* par an, les jours de Saint-Vincent, 22 janvier, Saint-Marc, 25 avril, Sainte-Anne, 26 juillet, et Saint-Luc, le 18 octobre. Anne de Laval avait obtenu leur établissement de Charles IX par lettres-patentes du mois de décembre 1566 enregistrées au Pont-de-l'Arche le 15 février 1567. Le baron avait aussi droit de *marché* le mardi de chaque semaine, avec droit de coutume sur toutes les marchandises vendues, d'un denier sur chaque marchand et de quatre deniers sur tout poinçon de vin vendu à Acquigny ou transporté hors de la baronie.

Les rentes seigneuriales consistaient en 138 livres 12 sous 1 denier à la Saint-Remy, 50 œufs à Pâques, 6 piquets d'avoine, un boisseau de pommes de rainette à la Sainte-Cécile, 1 livre de poivre à la Saint-Remy, 2 truites et 4 barbeaux au temps qu'il plairait au seigneur de les demander, 15 chapons 1/2, 6 poules et 1/6 et 6 poulets à Noël.

Biens communaux. Ces biens avaient une contenance d'environ 16 hectares et consistaient en pâtures ou friches. M. Le Roux d'Esneval, dans un acte du 7 décembre 1790, mentionne:

« Les friches du triège du Haut-des-Faux; la friche de l'autre côté de l'eau, triège de la Futaie et de la Chesnaye; la friche de Cambremont proche Gruchet dont il réclame la nue-propriété, ne laissant aux habitants qu'un droit de pâture. L'acte de 1553, que nous avons cité chapitre VI, montre que les habitants d'Acquigny avaient, en dehors des biens désignés précédemment, d'autres terrains communaux dont ils étaient les vrais propriétaires. La plupart sont aujourd'hui des oseraies.

Liste des Seigneurs.

1035-1050, Roger DE TOSNY.

1050-1102, Raoul DE TOSNY, fils du précédent.

1102-1126, Raoul DE TOSNY (le jeune), fils du précédent.

Acquigny paraît alors avoir été divisé entre Roger de Tosny et Godechilde de Tosny, sa sœur.

PREMIÈRE MOITIÉ D'ACQUIGNY.

1126,1136, Roger DE TOSNY, fils du précédent.

-1162, Raoul DE TOSNY, fils du précédent.

1162-1204, Roger DE TOSNY, fils du précédent.

1204-1206, le ROI DE FRANCE.

1206,1222, Barthelemy DE ROYE par donation du roi.

-1230, Mathieu DE MONTMORENCY.

1230-1267, Guy VII DE LAVAL, fils du précédent.

1267-1295, Guy VIII DE LAVAL, fils du précédent.

1295-1323, Guy IX DE LAVAL, fils du précédent.

1323-1347, Guy X DE LAVAL, fils du précédent.

1347-1348, Guy XI DE LAVAL, fils du précédent.

1348,1370, Isabeau DE CRAON, veuve du précédent, douairière remariée à Louis de Sully, morte après 1370.

-1412, Guy XII DE LAVAL, fils et héritier de Guy XI.

1412-1415, Guy XIII DE LAVAL, autrement Jean de Montfort, seigneur de Kergorlay, gendre du précédent.

1415-1465, Anne DE LAVAL, veuve du précédent.

1465-1500, François DE LAVAL, depuis Guy XV de Laval, petit-fils de Guy XIII, réunit en ses mains toutes les parties de la baronie.

SECONDE MOITIÉ D'ACQUIGNY.

1141 Robert DE WARVICH, mari de Godechilde de Tosny et gendre de Raoul le jeune de Tosny.

— Henri DU NEUBOURG, fils du précédent.

— Robert DE POISSY, gendre du précédent.

1197 Robert DE POISSY, fils du précédent.

1226 Robert DE POISSY, fils du précédent.

— Guillaume DE POISSY, fils du précédent.

1261 Robert DE POISSY, fils du précédent.

1265, 1267, Isabelle DE MARLY, veuve du précédent, remariée en 1267 à Guillaume de Beaumont.

— Hervé IV DE LÉON, gendre du précédent.

-1304, Hervé V DE LÉON, fils du précédent.

1304-1337, Hervé VI DE LÉON, fils du précédent.

1337-1344, Hervé VII DE LÉON, fils du précédent.

1344-1363, Hervé VIII DE LÉON, fils du précédent.

A sa mort la seconde moitié de la baronie fut divisée entre ses deux sœurs.

1re partie de la seconde moitié d'Acquigny.

1363-1372, Jean Ier DE ROHAN, beau-frère du précédent.

1372-1429, Alain VIII DE ROHAN, fils du précédent.

1429-1462, Alain IX DE ROHAN, fils du précédent.

1462-1467, Jean D'ORLÉANS, comte d'Angoulême, gendre du précédent.

1467, 1469, Marguerite DE ROHAN, veuve du précédent.

— , Jeanne DE LAVAL, reine de Sicile, acquiert cette partie de Marguerite de Rohan et la laisse en héritage à son frère Guy XV de Laval, qui la réunit à la première moitié de la baronie.

2e partie de la seconde moitié d'Acquigny.

1363 Jean DE KERGORLAY, premier mari de Marie de Léon, sœur d'Hervé VIII.

1370 Jean MALLET DE GRASVILLE, deuxième mari de Marie de Léon.

– , Raoul DE MONTFORT DE KERGORLAY, gendre de Marie de Léon.

1404-1415, Jean DE MONTFORT DE KERGORLAY, fils du précédent, devient en 1412 Guy XIII de Laval.

1415-1486, Guy XIV DE LAVAL, fils du précédent.

1486- , Guy XV DE LAVAL, fils du précédent, réunit cette partie au reste de la baronie qu'il possédait déjà.

SUITE DE LA BARONIE ENTIÈRE.

1500-1531, Guy XVI DE LAVAL, neveu de Guy XV.

1539-1554, Louis DE SILLY, gendre du précédent.

1560-1572, Anne DE LAVAL, veuve du précédent.

1584, Henri DE SILLY, fils du précédent.

1589-1628. François DE SILLY, fils du précédent.

1628-1646, Pierre DE GONDY, cousin du précédent, héritier pour moitié et acquéreur pour l'autre moitié.

1646-1647, Anne LEBLANC DU ROLLET et Jacques DESHOMMETS, coacquéreurs.

1647-1656, Anne LEBLANC DU ROLLET.

1656-1688, Claude LE ROUX acquiert la baronie du précédent.

1688-1693, Robert LE ROUX D'ESNEVAL, fils du précédent.

1693-1746, Anne-Claude-Robert LE ROUX D'ESNEVAL, fils du précédent.

1746-1788, Pierre-Robert LE ROUX D'ESNEVAL, fils du précédent.

1788-1790, Esprit-Robert-Marie LE ROUX D'ESNEVAL, fils du précédent.

ARMES : Tosny porte : d'or à une rose de gueules (201).

Roye : de gueules à la bande d'argent.

Montmorency : d'or, à la croix de gueules, cantonnée de seize alérions d'azur.

(201) D'autres disent : d'argent à trois hures de sanglier de sable; d'autres encore : d'argent à un dextrochère avec gonfanon de gueules tenant un rameau de sinople. — V. de la Roque, Mais. d'Harc., t. Ier, p. 216.

Laval : les mêmes que Montmorency en brisant de cinq coquilles d'argent sur la croix.

Poissy : d'or au chef de sable.

Léon : d'or au lion de sable.

Rohan : de gueules à 9 macles d'or, 3, 3 et 3.

Silly : d'hermines à la fasce vivrée de gueules, surmontée de trois tourteaux de même.

Gondy : d'or à 2 masses de sable passées en sautoir et liées de gueules.

Leblanc du Rollet : d'azur à trois licornes effarées d'argent, 2 en chef et 1 en pointe.

Le Roux d'Esneval : écartelé au 1 d'azur à la croix fleurdelisée d'or, qui est de *Pavilly ;* au 2 pallé d'or et d'azur de six pièces, au chef de gueules, qui est d'*Esneval ;* au 3 échiqueté d'or et d'azur, à l'orle de gueules, qui est de *Dreux ;* au 4 de gueules, à 6 annelets d'or, 3, 2 et 1, qui est de *Prunelé ;* au 5 d'argent, à la bande d'azur, qui est de *Tournebu ;* et sur le tout d'azur, au chevron d'argent, accompagné de 3 mufles de léopard d'or, 2 et 1, qui est *le Roux.*

II BECDAL.

L'ancien manoir de Becdal existe encore aujourd'hui au hameau de Becdal, à l'extrémité d'Acquigny, du côté de Louviers. Il est entouré de 10 hectares de terre, clos de murs, qui longent la route d'Evreux à Louviers. La porte de cet enclos, couverte selon l'ancien usage du pays, est ornée de quelques sculptures. Du côté opposé et sur le chemin du hameau de Becdal se voient l'un des pignons et les fondations du manoir du XVe siècle. Auprès de la porte de l'enclos, la plus voisine de ces ruines, on remarque un regard ou meurtrière, percée obliquement dans une pierre du mur, de manière à commander l'entrée. Le second manoir, aujourd'hui maison du fermier, est une construction en bois du XVIIe siècle. L'une des chambres a conservé la plus grande partie des peintures qui ornaient ses cloisons et les solives de son plancher.

Justice. Le fief n'avait que basse et moyenne justice et dépendait de la haute justice d'Acquigny.

Domaine. Le domaine non fieffé est évalué par le terrier de 1787 à 125 acres 4 vergées et 5 perches, dont 70 acres de bois.

Moulin et Rivière. Le fief de Becdal ne paraît pas avoir eu de moulin particulier et dès-lors les habitants étaient tenus d'aller faire moudre leurs grains aux moulins de la baronie.

Droits seigneuriaux. Ils n'offrent rien de particulier, le terrier de 1787 mentionne les droits de colombier et de tor et ver.

LISTE DES SEIGNEURS.

1315- Richard LE ROUX, par Barbe du Mesnil, sa femme.
— Jean LE ROUX, fils du précédent.
-1424, Martin LE ROUX, fils du précédent.
1424-1455, Denis LE ROUX, fils du précédent.
1469 Guillaume LE ROUX, fils du précédent.
1499 Guillaume LE ROUX, fils du précédent.
1542-1561, Nicolas LE ROUX, fils du précédent.
1561-1583, Robert LE ROUX, neveu du précédent.
1583-1638, Robert LE ROUX, fils du précédent.
1638- , Claude LE ROUX, fils du précédent. Il obtint la réunion du fief de Becdal à la baronie d'Acquigny.

Armes. Voyez Acquigny.

III CAMBREMONT.

Les ruines du manoir couronnent un mamelon placé sur la rive droite de l'Eure, au-dessus du village du Hamel. Vus de loin, l'escarpement du coteau et la falaise se mariant aux ruines, donnent à l'ensemble l'aspect d'un château-fort, d'où est venue sans doute à M. A. Le Prevost, et à beaucoup d'autres érudits, l'idée que c'étaient les ruines de la forteresse des Tosny. Mais nous avons déjà montré que cette dernière occupait l'emplacement du château actuel d'Acquigny.

Quant aux ruines de Cambremont dont voici le plan, il suffit d'y jeter les yeux pour reconnaître qu'elles n'ont rien de commun avec les châteaux-forts des XIe et XIIe siècles. Placées à 45 mètres au-dessus du niveau de la vallée et à la même hauteur environ au-dessous des coteaux voisins, dont elles sont isolées par un ravin profond, ces ruines se composent d'une enceinte de 115 mètres de longueur sur une largeur maximum de 47 mètres et minimum de 23 mètres. Les murs extérieurs ont une épaisseur de 75 centimètres à 1 mètre et une hauteur de 1 mètre 50 centimètres à 2 mètres sans laisser voir aucune trace d'ouvertures. A l'intérieur et au nord on remarque les fondations du bâtiment principal (n° 1), ayant 30 mètres de lon-

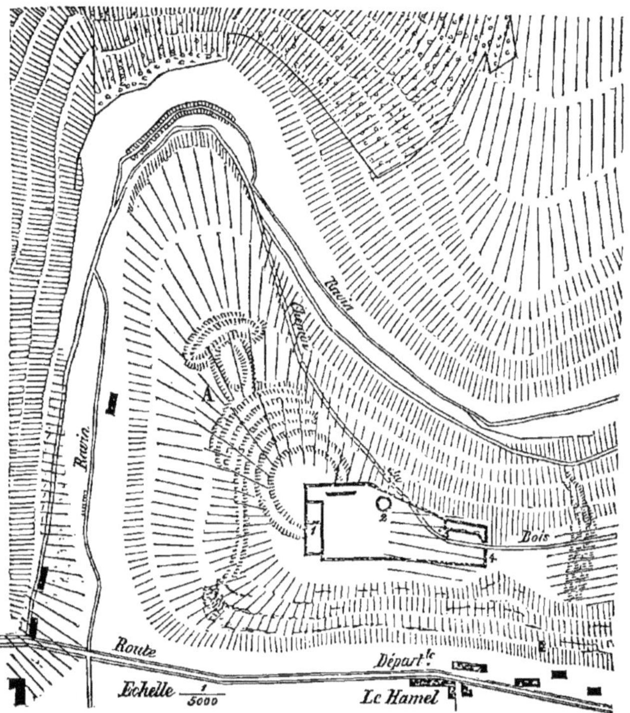

gueur sur 10 de largeur. A l'est on distingue encore les traces d'un autre bâtiment appliqué également à la muraille extérieure, et un peu plus loin les fondations d'un colombier (n° 2), ayant

8 mètres 10 centimètres de diamètre intérieur, avec des murs de 90 centimètres d'épaisseur à leur base. Au sud se trouve l'entrée, à l'est de laquelle existent encore les murs latéraux d'une construction semi-souterraine (nº 3) de 5 mètres 75 centimètres de largeur, sur environ 25 de longueur, se terminant circulairement du côté de la porte (nº 4), et que les habitants du pays appellent *les Caves*. A l'angle de ces caves se voit l'ouverture d'un puits récemment comblé, et marqué sur notre plan par un petit cercle. Nous sommes bien, il faut en convenir, en présence des ruines d'un manoir très-ordinaire. Néanmoins, au devant de l'entrée, on suit les traces d'un retranchement assez profond; et au nord, sur le versant le plus accessible du mamelon, on aperçoit une suite de fossés et de circonvallations qui nous ont paru être des travaux de défense ou d'attaque.

Dans les documents que nous avons cités sur Cambremont, ce fief est appelé le Hamel, le Hamel d'Acquigny, le Hamel de Cambremont et enfin Cambremont. Ce n'est qu'à l'arrivée des le Roux qu'il prend ce dernier nom, lequel finit par exclure les autres dénominations. D'un autre côté, à l'entrée du village du Hamel et au pied de Cambremont, est une vieille maison en bois à un étage, fieffée au XVIIᵉ siècle par les seigneurs d'Acquigny à une famille de pêcheurs et que nous prendrions volontiers pour l'ancien manoir des Chalenge. Les le Roux auraient fait bâtir sur le mamelon voisin, appelé Cambremont, peut-être à cause de sa forme cambrée, un nouveau manoir qui subsistait encore comme nous l'avons vu en 1636. Les fossés et circonvallations qu'on aperçoit sur les versants peuvent être antérieurs à la construction du manoir et avoir eu pour but de défendre une position militaire qu'il était naturel de choisir. Mais ce sont-là des hypothèses que le lecteur est libre d'admettre ou de rejeter.

Justice. Le fief avait basse et moyenne justice exercée par un sénéchal dont nous avons cité une sentence en 1651. Les appels étaient portés à la haute justice d'Acquigny.

Domaine. L'étendue du domaine non fieffé en terres labourables nous est inconnue, les bois contenaient 70 acres en deux pièces appelées la Futaie et la Chesnaye. Ils étaient, d'après le terrier de 1787, soumis au tiers et danger, avant leur réunion à la baronie.

MOULIN ET RIVIÈRE. Le moulin du Hamel ne paraît pas avoir appartenu aux seigneurs de ce fief, puisque les aveux de la baronie en attribuent la propriété aussi bien que celle de la pêche aux barons d'Acquigny.

DROITS SEIGNEURIAUX. Nous ne pensons pas qu'ils aient rien eu de particulier. Nous avons déjà mentionné l'existence d'un colombier, mais nous n'avons pu trouver aucun aveu du fief de Cambremont qui nous ait permis de connaître en détail les droits et privilèges du seigneur.

LISTE DES SEIGNEURS.

1455-1508, Jean DE CHALENGE.
1514 Guillaume DE CHALENGE.
1531 Claude LE ROUX, mari de Jeanne de Chalenge.
1542-1583, Robert LE ROUX, fils du précédent.
1583-1599, Barbe GUIFFART, veuve du précédent.
1599-1638, Robert LE ROUX, fils du précédent.
1638-1656, Pompone LE ROUX, fils du précédent.
1638- , Claude LE ROUX, frère du précédent, possède d'abord une partie du fief, et en 1656, à la mort de Pompone, le fief tout entier, dont il obtint la réunion à la baronie d'Acquigny.

ARMES. Chalenge porte: de gueules à trois soleils d'or.

IV CAMP-JAQUET OU SURVILLE.

Le chefmois du Camp-Jaquet était placé sur les coteaux qui dominent la rive droite de l'Eure, à l'extrémité d'Acquigny, du côté de Pinterville. Nous avons pu y distinguer encore les fondations d'un colombier et quelques traces d'autres constructions. L'emplacement du manoir et les terrains qui l'environnaient sont aujourd'hui couverts d'un bois taillis fort épais.

JUSTICE. Le fief avait sans doute moyenne et basse justice. L'aveu de 1584 déclare simplement qu'il avait *cour et usage*.

DOMAINE. Nous ignorons quelle était son étendue. L'aveu

d'Acquigny en 1584 dit seulement qu'il y avait plusieurs bois sujets au droit de tiers et danger envers la baronie, et qui ne pouvaient être vendus avant d'avoir été marqués par les officiers du baron.

Moulin et Rivière. Aucun moulin ne dépendait du Camp-Jaquet et dès lors le seigneur et ses tenanciers étaient tenus d'aller moudre leurs grains aux moulins de la baronie. En 1680, Pierre le Pesant de Boisguilbert, seigneur du Camp-Jaquet, acheta, du baron d'Acquigny, un droit de pêche sur la rivière d'Eure (202).

Droits seigneuriaux. Ils n'ont rien de particulier. Nous avons déjà mentionné l'existence d'un colombier. Le terrier d'Acquigny en 1787 nous apprend que, suivant une transaction du 12 septembre 1778, le seigneur du Camp-Jaquet avait remplacé, par une rente de x livres à Noël, le droit de tiers et danger que le baron d'Acquigny réclamait sur ses bois, et qu'il était tenu en outre de donner, pour le droit de pêche fieffé en 1680, deux truites et quatre barbeaux au même baron, à l'époque que ce dernier voudrait choisir.

LISTE DES SEIGNEURS.

Guillaume Levesque.
1455, 1512, Richard Goullé.
Louis de Houeteville, mari de Françoise de Goullé.
Françoise de Goullé, veuve du précédent.
1584 Louis de Houeteville, fils du précédent.
1679 Pierre Bardouil.
1680 Pierre le Pesant de Boisguilbert.
1722 Nicolas-Gabriel-Louis le Pesant, fils du précédent.
1762 Jean-Pierre le Pesant de Boisguilbert, fils du précédent.
1762-1787, Jean-Pierre-Adrien-Augustin de Boisguilbert.

(202) Orig. au chartrier d'Acquigny.

Armes. Celles des familles Levesque et de Goullé nous sont inconnues.

Houcteville porte: d'argent, à la fasce de sable.

Bardouil: d'azur à la croix d'argent, ancrée et flamboyée des angles.

Le Pesant de Boisguilbert: d'azur au chevron d'or accompagné de deux têtes de lion d'or lampassées du même en chef et d'un cœur d'or en pointe.

V FIEFS DE LA MÉTAIRIE.

Leur chefmois a complètement disparu et long-temps avant la révolution ils ne consistaient plus qu'en pièces de terres. Le terrier de 1787 se contente de dire qu'ils avaient les prérogatives ordinaires de fief noble.

LISTE DES SEIGNEURS DU 1er FIEF.

- , Pierrot Jourdain dit le Camus.
1455-1657, l'Hôtel-Dieu de Louviers.
1657- , Claude le Roux, qui acquit ce fief et obtint sa réunion à la baronie d'Acquigny.

LISTE DES SEIGNEURS DU 2e FIEF.

1415-1432, Pierre d'Amfreville.
1432- , Pierre Poolin, par confiscation sur le précédent.
1454,1469, Claudin d'Amfreville, fils de Pierre.
1481-1512, Jacques d'Amfreville.
1516-1532, Nicolas d'Amfreville.
1540-1555, Robert de Pommereuil, mari de Françoise d'Amfreville.
1555,1563, Françoise d'Amfreville, veuve du précédent.
-1570, Catherine d'Amfreville.
1570-1590, Nicolas de Vipart, héritier du précédent.
1622- , Jacques de Beaulieu, mari d'Anne de Sabrevois, nièce du précédent,
Guillaume Guyot, par acquisition.

-1652, Guillaume Guyot, fils du précédent.
-1693, Alexandre Guyot, fils du précédent.
1748-1753, François-Robert Guyot, fils du précédent.
1753-1787, Antoine-Jean-Baptiste Guyot, fils du précédent.

Armes : Celles de la famille d'Amfreville nous sont inconnues.

Vipart porte : d'argent au lion de sable, armé et lampassé de gueules.

Sabrevois : d'argent à la fasce de gueules, accompagnée de roses de même, 3 en chef et 3 en pointe; ces dernières 2 et 1.

Guyot : d'azur au chevron d'argent, accompagné de 3 champignons d'or, 2 en chef et 1 en pointe.

MONUMENTS, &.

Eglise. Elle est bâtie partie en brique, partie en pierre. Les augmentations successives faites par M. le Président d'Acquigny lui ont ôté à l'extérieur tout caractère d'unité. Un bas-relief en pierre fort remarquable, représentant la mort de sainte Cécile, est placé au-dessus de la porte. La sainte est couchée sur le côté, et entourée de personnages en prière, deux anges lui apportent la palme et la couronne. L'intérieur est orné de belles boiseries sculptées et dorées dans le style du XVIIIe siècle. La voûte, quoique en plâtre, les autels, les reliquaires, les tribunes, les cadres des tableaux, en un mot toute l'ornementation intérieure, appartenant à la même époque, présentent un caractère d'unité et de richesse qu'on n'est pas habitué à rencontrer dans les églises de village. La chapelle du Saint-Esprit placée derrière le maître-autel, et séparée du reste de l'église par une belle arcade, prolonge le vaisseau et lui donne un certain aspect de grandeur.

Les comptes de la fabrique de 1613 à 1691, les seuls qui aient été conservés, donnent pour moyenne du revenu annuel 264 livres, et pour moyenne de la dépense 251 livres. A la fin du XVIIe siècle elle touchait 72 livres de rente et 125 livres de fermages (203).

(203) Parmi les dépenses on remarque la refonte d'une moyenne cloche en

De 1614 à 1627 les bateaux, passant par Acquigny, étaient dans l'usage de faire quelques dons à l'église ; le trésorier les porte chaque mois en recette sous ce titre : *Pour des bateaux*, et une fois : *Pour un don de bateaux*. La recette de l'année entière varie de 1 à 6 livres. De 1627 à 1691 on ne trouve plus que trois dons minimes en 1633, 1635 et 1649.

Les ventes du lin donné à l'église produisaient des sommes qui ont varié de 1 à 13 livres. On trouve aussi des ventes de chanvre, et en 1648 le trésorier inscrit en recette 14 sous *trouvé en cherchant le chanvre de la Toussaint*, ce qui constate l'usage d'une quête faite à cette époque de l'année pour recueillir des dons en nature.

CHATEAU. C'est un édifice bâti, comme nous l'avons déjà vu, par Anne de Laval, vers la moitié du XVIe siècle. Il est surtout remarquable par la singularité de son plan que reproduit la gravure ci-jointe.

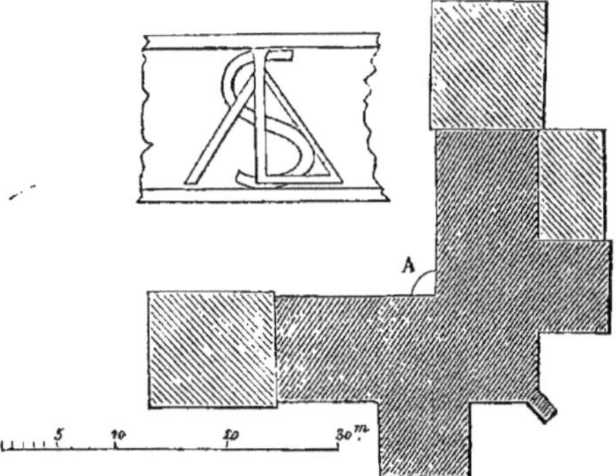

Les teintes plus claires indiquent les additions faites postérieurement. L'entrée principale est en A, où est marquée la projec-

1620 pour 246 l. 9 s., et d'une grosse en 1632 pour 239 l. 8 s. On ajouta 200 livres de métal en 1620, et 100 livres seulement en 1632.

On paie en 1621 « pour ung chasuble de damas blanc fourny d'estole et fanon, avec un drap de mortuaire, un voille de tafetas incarnat brodé et une platine de damas rouge cramoysy, la somme de XLII livres. » — En 1622 « pour la chaire à faire le prosne XVIII livres. » — En 1628 « pour la baniere de damas rouge cramoysi avec les images qui sont dessus XXVII livres. »

tion d'une charmante tourelle bâtie en encorbellement. Une frise élégante règne sur toute la façade. Elle est ornée de sculptures qui présentent deux mains unies alternant avec le chiffre A. S. L. que notre gravure reproduit aussi, et qui est formé des initiales des noms d'Anne de Laval et de Louis de Silly son mari. La singularité du plan du château donne à penser qu'on a voulu y reproduire les lettres A et L qui s'y lisent assez facilement. Quant à l'S, il faut plus de bonne volonté pour l'y découvrir. La vue placée en tête de cette notice, et faite d'après une photographie, montre le château du côté opposé à la façade, avec ses deux pavillons et l'appendice du milieu qu'on peut considérer comme le sommet de l'A. Ce côté ne présente aucun ornement, mais il permet d'apprécier l'effet général des constructions.

Chapelle de Saint-Mauxe. Cette chapelle, reconstruite par M. le Président d'Acquigny en 1752, existe toujours dans l'ancien cimetière du prieuré, qui continue d'être celui de la commune. Elle a huit mètres de longueur sur cinq de largeur. Le portail de l'ancienne chapelle, coupé à la hauteur du mur de clôture, sert d'entrée au cimetière. On y remarque encore des colonnettes et d'élégants chapiteaux du xve siècle. Cette ancienne chapelle, dont les fondations sont visibles, avait à l'intérieur environ 30 mètres de longueur sur 10 mètres de largeur. Les matériaux ont servi à reconstruire la nouvelle, où on y voit plusieurs vitraux des xvie et xviie siècles portant les armoiries des Laval et des fragments de celles de Silly et d'Esneval. La croisée du chevet, qui est du xive siècle, est ornée d'une verrière à neuf sujets. Dans le trèfle un crucifiement, dans les deux panneaux supérieurs, S. Mauxe et S. Vénérand portant leurs têtes, dans les six autres, des images de la Ste Vierge ou des allégories s'y rapportant, avec des légendes commençant toutes par *Sancta Maria*. Les murs sont revêtus à une certaine hauteur de boiseries en chêne. Le tombeau de l'autel est placé immédiatement au-dessus de celui des martyrs, et laisse voir, à travers un vitrage, de nombreux ossements.

Chapelle Saint-Lambert. Ce petit édifice a été vendu par la commune et détruit il y a peu d'années. Nous n'avons pu découvrir son origine. Il avait, dit-on, des fenêtres ogivales, et il appartenait, dès le XVIIe siècle, à la paroisse qui le faisait réparer et en touchait les revenus. Ceux-ci consistaient dans le produit des quêtes faites à certains jours et d'offrandes déposées par les pèlerins qui venaient vénérer les reliques du saint (204).

RUINES DE CAMBREMONT. Nous en avons parlé suffisamment à l'article du fief de Cambremont.

CHATEAU-ROBERT. En face du château d'Acquigny, de l'autre côté de la rivière d'Eure, s'élève en B un coteau abrupte, séparé par deux vallons de Cambremont et du massif du Camp-Jaquet. C'est sur son sommet qu'est placée l'enceinte dite le Château-Robert. Assez resserrée d'abord, elle va en s'élargissant vers la plaine. Elle suit quelque temps la crête de chaque vallon et se referme du côté de la plaine par un fossé x z de 20 mètres de largeur et de 5 de profondeur, dont les terres rejetées vers l'enceinte forment un retranchement de 6 mètres au-dessus du sol, et de 11 mètres au-dessus du fond du fossé. Cette puissante défense réunit les deux flancs du coteau en s'abaissant peu à peu, et isole ainsi une surface de 6 hectares environ, qui a dû servir de camp, principalement aux époques d'invasions.

FORT AUX ANGLAIS. Cette enceinte retranchée, que plusieurs savants placent sur le territoire d'Acquigny, appartient en réalité à la commune du Mesnil-Jourdain; mais elle est située dans des bois qui dépendaient de la baronie d'Acquigny.

POPULATION. Les registres de l'état-civil conservés à la

(204) Dans les comptes de 1663-1664 le trésorier porte en dépense la peinture *des deux images de S. Lambert*. En 1672-1673 les réparations *du portail Saint-Lambert*. On trouve ensuite beaucoup d'autres réparations, et parmi les recettes plusieurs produits inscrits sous ces titres : *Aux reliques de S. Lambert, à S. Lambert, la cueiete de S. Lambert*, et en 1667 *pour les pardons de S. Lambert*. Ces produits sont de 42 sous en 1667, 6 sous en 1671, 20 sous en 1672, 23 sous en 1673, 30 sous en 1674, 34 sous 10 deniers en 1675, 52 s. 4 deniers en 1676. On y faisait une procession le 18 septembre, ou le dimanche qui suivait ce jour.

mairie commencent à 1594, mais sont très-incomplets jusqu'en 1664. Le nombre des naissances pour une période de 4 ans atteint son maximum de 1670 à 1674, où il est en moyenne de 35 par an, et descend à son minimum de 1749 à 1753, où il n'est plus que de 16. Dans la période de 1788 à 1792 il s'était relevé à 19. Deux années de mortalité extraordinaires, 1691 et 1694 (205), donnent la première 63 morts et la seconde 95, tandis que la moyenne des morts de 1687 à 1698, en n'y comprenant pas 1691 et 1694, n'est que de 18.

IMPÔTS. Le registre des vingtièmes déposé aux archives de l'Eure porte 3,079 livres 11 s. 6 d. pour le vingtième payé par la paroisse d'Acquigny en 1774. Cette somme fut réduite à 2,239 l. 5 s. 6 d. en 1784. La réduction de 840 l. est faite entièrement sur les impositions payées par M. d'Acquigny. En 1790 la commune payait 4,776 l. 19 s. 9 d.

HAMEAUX D'ACQUIGNY : Becdal, le Bout-de-la-Ville, le Bout-du-Pont, les Grandes-Ruelles, le Hamel, le Moulin-Postel, Saint-Mauxe, la Vignette.

Trièges: les Bassiers, les Bugreux, le Camp-Cardon, la Carbonnière, le Cardonnet, le Château-Robert, le Chiquet, le Clos-Saint-Mauxe, la Côte-des-Prats, la Côte-sur-l'Eau, les Erretes, les Faulx, les Grands-Champs, la Grosse-Borne, Longlée, la Levrière, la Malaisée, le Mauvais-Pas, la Métairie, la Nauraie, les Pâtis, la Pelleraye, les Petits-Sablons, la Planche-Jobbey, le Pré-Massieu, Saint-Lambert, la Sente-Herpin, la Sente-Saint-Lieunard, le Souillet, Trou-Michault, les Valgens, la Vallée-au-Sel, la Vallée-de-l'Etréval, les Vallées, le Val-Noël, le Val-Omont, la Vente-aux-Hommes, la Voie-Monneuse.

(205) L'histoire de Louviers, par Morin, signale l'année 1694 comme une année de disette et de maladies.

PIÈCES JUSTIFICATIVES.

I

Ea denique tempestate vir quidam ex transmarinis partibus frequenti commonitus visione in Gallias venit et ad locum qui super Auturam fluvium Acineia dicitur intempestæ noctis silentio accessit, sanctorumque corpora *Maximi et Venerandi* Martyrum, quæ ut ex revelatione didicerat, invenit, secumque secretius tulit, et ad Portum Logiensem festinus descendit, ubi dato naulo cuidam viro nomine Amalberto naviculam ingredi voluit; at divina retentus virtute velut ebrius labare cœpit, iterque quod disposuerat explere nullatenus valebat : quod cum nauta ille cerneret, et novitate rei attonitus paulo diutius aspectaret, tandem hominem percunctatus quid sub involucro ferret, ad Fontinellæ monasterium quod juxta erat secum venire compulit, abbatique et fratribus illum offerens quod actum fuerat expedivit : at ille deprehensum se intuens, spemque oneris deferendi penitus non habens, sancta ossa diligenter involuta retexit, nomina et visionem cunctis palam exposuit; sicque amisso, quem per tot pericula quæsierat, cœlesti thesauro, tristis mœstusque vehementer recessit. Quæ res cum Principi Nortmannorum innotuisset, et fratres humiliter illi suggererent, ut quid inde agere deberent decerneret ; vigilanter hoc decrevit, ut quo divino imperio et sua Sancti pervenerant electione, ibidem deinceps permanerent sua quoque auctoritate : unde hactenus apud nos iidem Sancti Martyres cum debita habentur reverentia.

Appendix ad Chron. Fontan. apud d'Achery, Spicileg. t. 3, p. 256.

II

Cette gravure donne la petite tablette de marbre et l'inscription de grandeur naturelle. Le marbre est encastré dans un morceau de bois de chêne, entouré lui-même d'un petit cadre de bois doré. La gravure a été calquée sur une photographie que nous devons à l'obligeance de M. Morise, attaché à l'administration des Ponts et Chaussées. Néanmoins, sur le marbre, les lettres étant en creux, ont pour l'œil moins d'épaisseur que sur la gravure. Du reste, le Musée d'Evreux possède un plâtre de ce marbre déjà reproduit très-inexactement par M. de Caumont dans son Bulletin monumental.

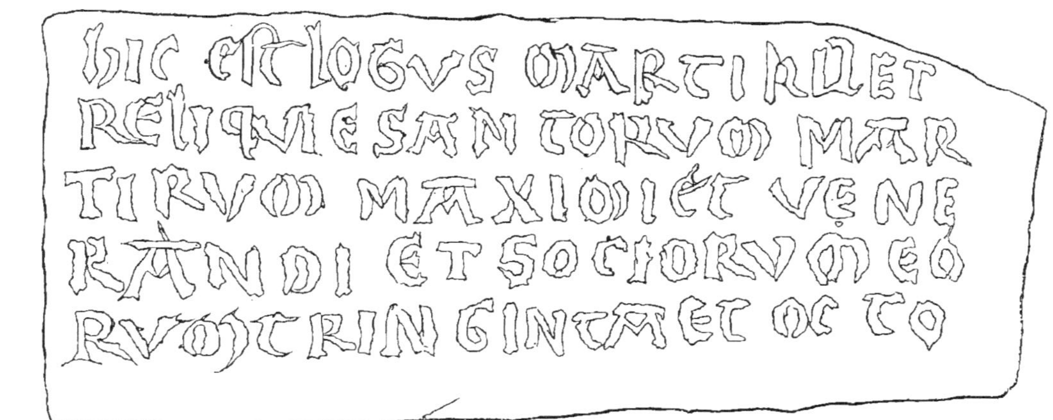

La rédaction de cette inscription et la forme de plusieurs lettres permettraient de la faire remonter au IXe siècle. D'autres caractères accusent une époque postérieure. Toutes les difficultés disparaissent si on suppose que l'inscription a été gravée au XIIe siècle et reproduit imparfaitement un modèle plus ancien.

III

1151—1154

Henricus Dux Normaniæ et Acquitaniæ et comes Andegauvensis, archiepiscopis et omnibus episcopis, comitibus, baronibus, justitiariis, vicecomitibus, ministris et omnibus fidelibus et amicis suis Normanis, salutem. Sciatis me concessisse et confirmasse sanctimonialibus de Altabruiera omnes eleemosinas quæ eis in Normannia rationabiliter datæ sunt, quicumque eas illis dederit, videlicet centum libras de reditu Guaravillæ quas Amaltritus comes Ebroicensis illis dedit, et decem modios annonæ, et centum solidos de redditu Abinnæis ex dono Isabellæ de..... et Badi filii sui et Rogerii de..... et gortum unum apud Abinnæum ex dono eorumdem. Quare volo et firmiter præcipio ut ecclesia de Altabruiera et sanctimoniales ibi Deo servientes, omnia supra dicta bene et in pace, libere, quiete et honorifice teneant et possideant sicut liberam et perpetuam eleemosinam. Testibus Ph^{to} episcopo Carnotensi, Roberto de Novoburgo et aliis.

Cette charte, ainsi que la suivante, est tirée d'une copie informe du XVIIIe siècle que nous avons trouvée au chartrier d'Acquigny. Celle-ci a été faite sur une copie collationnée par les notaires du Châtelet en 1544, et porte en marge que les blancs viennent de ce que les noms propres étaient illisibles. On pourrait combler les lacunes de cette manière « Isabellæ de Monteforti et Radulphi filii sui et Rogerii nepotis sui » en supposant deux ratifications successives par Raoul et Roger de Tosny. Le prieuré des Hautes-Bruyères, ordre de Fontevrault, était à Saint-Remi-l'Honoré (Seine-et-Oise); nos recherches pour retrouver ses archives ont été infructueuses.

IV.

1154—1162

Henricus rex Anglorum et dux Normaniæ ut Aquitaniæ et comes Andegauvensis, archiepiscopis, episcopis, abbatibus, comitibus, baronibus, justitiariis, vicecomitibus, ministris et omnibus fidelibus suis Anglis et Normanis salutem. Sciatis me concessisse et confirmasse sanctimonialibus de Hallebruiera omnes eleemosinas quæ eis in Anglia et Normannia rationabiliter datæ sunt, quicumque eas illis dederit; videlicet centum libras de redditu Guaravillæ quas Amaltritus comes Ebroicensis illis dedit, et decem modios annonæ et centum solidos de redditu Achinnæis ex dono Isabellæ de..... et Badi filii sui et Rogerii de..... et gortum unum apud Abennæium ex dono eorumdem, et tres modios frumenti in molendinis suis castri Ibreuensis ex dono Guillermi Rupelli. atque quemdam hospitam Drogonica nomine liberum et quietum ab omni censu, ex dono prædicti Guillermi Ruppelli atque Matildis uxoris ipsius et Gualeranni filii eorum. Quare volo et firmiter præcipio quod ecclesia de Hallebruiera et sanctimoniales ibi Deo servientes omnia supra dicta bene et in pace, libere, quiete et honorifice teneant et possideant in culturis, in pratis et pascuis, in viis et semitis, in aquis et molendinis et in omnibus rebus, cum omnibus libertatibus et liberis consuetudinibus, sicut cartæ donatorum suorum testantur. Testibus R. episcopo Ebroicensi et aliis.

V.

Notum sit omnibus hominibus tam futuris quam presentibus quod ego R. de Thoenio, filius Radulphi minoris do et concedo pro Dei amore monachis sancti Petri Castellionis decimas omnium venationum mearum et omnium bestiarum mearum vivarum et mortuarum et omnium redditnum meorum ubicumque per totam terram meam fuerunt. Testes sunt michi Radulphus de Fraxino et Gerelinus frater ejus, Robertus de Vacaria, Guillelmus Alis de Portis, Gencelinus clericus, Robertus Rex, Godardus famulus, Willermus Boeth et plures alii. —Copie collationnée par les notaires de Conches en 1469, au chartrier du château d'Acquigny.

VI

Notum sit tam presentibus quam futuris quod ego Willelmus de Montibus desdi Deo et Sancte Marie Becci, in perpetuam elemosinam, septem acras terre in montibus Achinuci. Hanc autem dedi predicte ecclesie terram ita liberam et quietam ab omni consuetudine et servicio : quod monachi Becci, et qui[cumque] alis (l. alii) predictam terram tenebunt, non de [bebunt] michi de illa nec heredibus meis in sempiternum nec talliam, nec auxilium, nec levamen, nec aliquod servicium. Factum est hoc consensu et voluntate Domini R[ogerii] de Toencio, de quo eandem terram tenemus, et consensu et voluntate filiorum meorum. Hanc autem donationem Willelmi de Montibus, ego Rogerus de Toencio concedo et ad posterorum noticiam hujus sigilli mei confirmo testimonio. Testes ex utraque parte Gaufridus Wistanel, etc., Ysenbardus sacrista Becci dedit Willelmo de Montibus. ...solidos in testimonium hujus libertatis.—Fragm. du cart. du Bec, aux Arch. de l'Eure.

VII

In nomine sancte et individue Trinitatis, amen. Philippus, Dei gratia, Francorum rex. Noverint universi, presentes pariter et futuri, quod nos dilecto et fideli nostro Bartholomeo de Roia et heredibus suis de uxore sua desponsata damus et concedimus Aquiniacum, cum omnibus pertinenciis suis, tam in bosco quam in plano, in terris et in aquis, tam in feodo quam in domanio, ita quod idem Bartholomeus et heredes sui illud sub eisdem consuetudinibus et libertatibus, tam a nobis quam a nostris heredibus, eo modo possidebunt quemadmodum alii predecessores ipsius Bartholomei, domini Aquiniaci, illud antea possederunt et tenuerunt, reddendo tamen nobis et heredibus nostris illud servicium quod feodum debet. Quod ut perpetuum robur obtineat, sigilli nostri auctoritate et regii nominis karactere inferius annotato presentem paginam precepimus communiri. Actum Parisiis anno incarnati Verbi M° CC° VI°, regni vero nostri XX° VIII°, astantibus in palatio nostro quorum nomina supposita sunt et signa : dapifero nullo; signum Guidonis buticularii, Mathei camerarii, Droconis constabularii, data vacante cancellaria.— Cart. norm. de Philippe-Auguste, N° 1086.

VIII

Bartholomeus de Roia, Franciæ camerarius, omnibus presentibus licteras inspecturis in Domino salutem. Noverit universitas vestra quod nos dedimus et concessimus, pro remedio anime nostre et amicorum nostrorum, in perpetuam elemosinam, ecclesie Sancti Maximi et monachis ibidem Deo servientibus, tres acras bosci nostri, qui dicitur Gastinellus, tenentes Bosco Galterii Postelli versus Hamellum. Quod ut eis perpetuum robur obtineat, presentes litteras sigillo nostro fecimus confirmari. Actum anno Domini M° CC° vicesimo secundo mense marcio.—Copie collat. par les tabell. de Couches le 5 avril 1469, au chart. d'Acquigny.

On voit par une autorisation de couper ces trois acres de bois, donnée aux moines en 1469, qu'elles étaient situées au triège du Château-Robert.

IX

Universis Christi fidelibus presentem paginam inspecturis R. Dei gratia abbas et conventus Sancti Petri de Castellione salutem. Ad presentium et futurorum volumus venire noticiam quod de assensu et voluntate venerabilis patris nostri L. Dei gratia ebroicensis episcopi et capituli ipsius ordinavimus de ecclesia nostra de Aquineio in hunc modum. Duo monachi instituentur in eadem qui residenciam ibidem facient et divinum regulariter servicium celebrabunt. Ad quorum sustentationem assignavimus quicquid habebamus in eadem villa ratione ecclesie: duas scilicet partes decime bladi et totam decimam vini, duas partes lini et kanabi, clausum etiam juxta ecclesiam martirum cum herbergagio sicut continetur inter Auduram et Itonem, et duodecim solidos quos Rogerus de Virgulto reddit de duabus garbis de ultra aquam. Si vero contigerit quod ex causa revocaverimus dictos monachos, alios sine dilatione instituemus ibidem servituros. Quod si non faceremus episcopus et successores sui ad hoc faciendum per reddituum sustrationem nos compellant De hiis autem que ad cantuariam ejusdem ecclesie pertinebant data sunt et concessa de assensu episcopi et capituli ebroicensis, ad sustentationem predictorum monacorum ; hec scilicet: tertia pars decime bladi, cum tota decima fructuum, cum nucibus cimitterii et decima lane et agnorum, tercia pars lini et canabi, decima feni, decima terre de ultra aquam, x solidi annuatim in altari beatorum martyrum Maximi et Venerandi, terra de cruce Philippi, hospites et census. Totum autem residuum relinquitur vicario sine diminutione in perpetuum a vicario ibidem ministrante percipiendum. Et sciendum est quod xl solidos et III modios vini quos nos annuatim percipiebamus nomine pensionis omnino quietavimus, percipiendo solummodo per annum in festo martirum a vicario memorato x solidos. Nos vero et successores nostri tenemur idoneum vicarium presentare qui possit et velit in eadem vicaria residere, et in propria persona deservire, et curam gerere animarum. Hec omnia concessa sunt salvo episcopo et successoribus suis jure pontificali. Et ut hoc perpetuam obtineat firmitatem, sigillorum nostrorum appositione confirmavimus. Datum anno gratie M° CC^{mo} V° X°.—Orig. au chartrier d'Acquigny.

X

A tous ceulx qui ces presentes lettres verront ou orront, Constant Pinchon garde du seel des obligacions de la viconté du Pontdelarche salut. Savoir faisons que au jourdui quatriesme jour de novembre lan de grace mil quatre cens et vingt huit nous feust tesmoigné par Robin Delestre tabellion juré pour le Roy nostre sire en la dicte viconté ou siege de Loviers avoir veu tenu et leu de mot en mot unez lettres saines et entierres en seel et escripture, contenant la fourme qui ensuit : Universis sancte matris Ecclesie filiis ad quos presens scriptum pervenerit, H. decanus et ebroicensis ecclesie capitulum salutem in salutis actore. Noverit universitas vestra nos cartam venerabilis patris nostri Ricardi Dei gracia ebroicensis episcopi inspexisse in hec verba : Universis sancte matris Ecclesie filiis ad quos presens scriptum pervenerit, Ricardus Dei gratia ebroicensis episcopus salutem in Domino. Noverit universitas vestra quod nos divine pietatis intuitu, assensu et voluntate H. decani et capituli nostri, dedimus et concessimus monachis de Conchis apud Sanctos Maximum et Venerandum de Aquigneio residentibus, ad instanciam precum dilectorum filiorum abbatis et conventus de Conchis, ecclesiam sancte Cecilie de Aquigneio cum omnibus proventibus suis, et in usus ipsorum proprios convertimus, habendam et possidendam in perpetuum, libere et quiete, pacifice et integre, salva competenti vicaria presbiteri in prefatta ecclesia curam animarum gerentis. Et ne hec nostra donatio in posterum aliqua possit occasione infirmari, presens scriptum sigilli nostri apposicione corroboravimus. Actum anno gratie milesimo cc° xxiii°. Nos autem hanc donacionem ratam et gratam habemus sigilli nostri munimine confirmamus. Actum anno gracie milesimo cc° xxiii° mense junio i En tesmoing de ce nous a la relacion dudit tabellion avons mis a ce present transcript le seel des dites obligacions. Ce fut fait lan et le jour premiers dessus dis.— Orig. au chartrier d'Acquigny.

XI

Notum sit omnibus presentibus et futuris quod ego Robertus de Pissiaco miles recepi a Domino Henrico abbate de Becco et ejusdem conventu, ad opus Willelmi filii mei suorumque heredum, unam pechiam terre sitam apud Acquigneium, que est juxta pontem ejusdem ville et in exitu domus dicti Willelmi filii mei, tenendam habendam ad firmam in perpetuam hereditatem michi et dicto Willelmo suisque heredibus pacifice et quiete perpetuo jure hereditario nobis predictis possidendam pro vigenti solidis turonensibus singulis annis reddendis dicti abbati et conventui in festo Sancti Remigii de prepositura ipsius ville, per manum prepositi quicumque fuerit ibidem pro tempore deputatus. Dicti vero abbas et conventus michi et Willelmo filio meo suisque heredibus predictam pechiam terre contra omnes tanquam suam propriam elemosinam garantizare tenemur, ita tamen quod si dicti abbas et conventus dictam pechiam garantizare non possint, ego Willelmus meique heredes ad solutionem dictorum vigenti solidorum tenemur. Si vero contigerit quod dictus prepositus non solverit predictos vigiuti solidos ad terminum supradictum, bene licebit dictis abbati et conventui facere justiciam super prepositum ibidem pro tempore existentem. In cujus rei testimonium presentem paginam sigilli mei munimine dignum duxi roborandam. Actum anno Domini millesimo ducentesimo.....cesimo sexto mense octobri.— Fragm. du cart. du Bec, aux Arch. de l'Eure.

XII

Notum sit omnibus presentibus et futuris quod ego Radulfus Ausic tradidi et concessi et hac presenti carta confirmavi abbati et conventui de Becco Helluini duodecim denarios usualis monete in Normannia annui redditus quos dictus abbas et conventus mihi annuatim reddebant ad festum Sancti Martini hyemalis pro masagio de Aquigne, quod situm est juxta masagium presbiteri de Aquigneio, tenendos et jure hereditario possidendos hos dictos duodecim denarios redditus. Eisdem abbati et conventui et eorum successoribus dictos XII denarios redditus contra omnes gentes et in omnibus, ad usus et consuetudines Normannie deffendere et garantizare tenemur. Et pro concessione hujus venditionis predictus abbas et dictus conventus præ manibus pagaverunt duodecim solidos turonenses. Et ut hoc ratum et stabile permaneat hanc presentem cartam fieri feci et sigillo meo confirmavi. Actum anno Domini M° CC° quadragesimo quinto, mense januarii. Hujus..... sunt..... Rogerus Leblont et ceteri.— Fragments du cartul. du Bec aux Arch. de l'Eure.

XIII

Universis presentes litteras inspecturis, Isabellis domina de Hacqueville et de Acquignæyo in parte, salutem in Domino. Noverint universi quod cum religiosæ Domina priorissa et conventus Altæbrueriæ, ordinis Fontisebraudi carnotensis diocesis, habeant et habere debeant, et, diu est, fuissent et essent et adhuc sint in possessione percipiendi et habendi annis singullis, nomine reditus apud Acquignæum, in parte terræ meæ seu hæreditatis meæ de Acquignæo, quinque modios bladi monturengiæ, ad mensuram de Acquignæyo, dimidium milliare pimpernillorum, et quinquaginta solus turonenses in pecunia numerata, et eisdem priorissæ et conventui sumptuosum sit nimis et difficile percipere redditus supradictos apud Acquignæum annis singullis, ego Isabellis, dictas priorissam et conventum ac earumdem monasterium indempnes super hiis servare cuppiens in futurum, viginti et unam libram parisienses annui reditus eisdem priorissæ et conventui, nomine admodiationis perpetuæ, seu permutationis causa, pro prædictis redditibus, videlicet quinque modiis bladi, dimidio milliarii pimpernillorum, capiendorum super gordum quod tenent hæredes Gaufridi dicti *Machue*, per manum meam seu maudati mei, et quinquaginta solus turonenses trado, concedo, libero et assigno, ab eisdem religiosis seu earum mandato percipiendum et habendum annis singullis in futurum nomine redditus, in crastino Omnium Sanctorum, in præpositura mea de Acquignæio, per manum illius qui dictam præposituram tenuerit a nobis vel hæredibus nostris, sive ego vel allius quicumque sit; et si dicta præpositura non sufficeret ad sollutionem dictarum viginti et unius librarum parisiensium, quod residuum super allios redditus meos de Acquignæio capperetur, tali modo quod si ille qui dictam præposituram tenuerit, aliquo anno cessaverit seu defecerit in sollutione dicti redditus, in dicto termino, ut dictum est, facienda, volo et statuo, et etiam obligo me, et hæredes meos, quod pro qualibet die, in qua post dictum terminum cessaverit vel deffecerit in sollutione prædicta, solvat et reddat et solvere et reddere teneatur dictis religiosis seu earum mandato quinque solus parisienses, pro pœna et nomine pœnæ et interesse earumdem; pro quibus redditu et pœna solvendis, ut dictum est, dictam præposituram et alios redditus meos de Acquignæio obligo specialiter et expresse, et etiam pro anniversario meo, annuatim in monasterio Altæbrueriæ faciendo. Renuncians in hoc facto exceptioni doli, omni juri auxilii canonici et civilis, omni consuetudini et statuto cujuslibet patriæ, et omnibus privillegiis et gratiis a sede apostolica vel rege seu quocumque alio principe concessis et concedendis, et omnibus aliis exceptionibus et allegationibus juris et facti, quæ contra presens instrumentum vel factum possent objici vel opponi, in cujus rei testimonium, præsentibus litteris sigillum meum apposui. Datum anno millesimo quadringentesimo septuagesimo quinto, mense januarii.

Copie informe du XVIIIe siècle au chartrier d'Acquigny. Nous croyons qu'il faut lire, ducentesimo sexagesimo quinto. La pièce suivante étant nécessairement postérieure à celle-ci.

XIV

Universis præsentes litteras inspecturis, Guillelmus de Bellomonte salutem in Domino. Noverint universi, quod cum religiosæ Domina priorissa et conventus Altæbrueriæ ordinis Fonstisabrandi, carnotensis diocesis, habeant et habere debeant, et, diu est, fuissent et essent et adhuc sint in possessione percipiendi et habendi annis singullis nomine reditus apud Acquigniacum, in parte terræ seu hæreditatis de Acquigniaco, in ratione hæreditatis nobilis Dominæ uxoris meæ contingente, quinque modios bladi moturengiæ, ad mensuram de Acquigniaco, dimidium milliare pimpernillorum, et quinquaginta solus turonenses in pecunia numerata, et eisdem priorissæ et conventui sumptui sit nimis et difficile percipere reditus supradictos apud Acquigniacum annis singullis, ego Guillelmus, dictas priorissam et conventum ac earumdem monasterium indempnes super hiis servare cupiens in futurum, viginti libras parisienses annui reditus eisdem priorissæ et conventui, nomine admodiationis perpetuæ seu permutationis causa, pro prædictis reditibus trado, concedo, libero et assigno ab eisdem religiosis seu earum mandato percipiendas et habendas annis singullis in futurum, nomine reditus in crastino Omnium Sanctorum, in præpositura mea de Acquigniaco, in ratione hæreditatis dictæ uxoris meæ contingente, per manum illius qui dictam præposituram tenuerit a nobis vel hæredibus nostris, sive ego, vel alius quicumque sit, et si dicta præpositura non sufficeret ad sollutionem dictarum viginti librarum parisiensium, quod residuum super alios reditus meos de Acquigniaco capperetur tali modo, quod si ille qui dictam præposituram tenuerit aliquo anno cessaverit seu deffecerit in sollutione dicti reditus in dicto termino, ut dictum est, facienda, volo et statuo et etiam obligo me et hæredes meos quod, pro qualibet die in qua post dictum terminum cessaverit vel defecerit in sollutione prædicta, solvat et reddat et solvere et reddere teneatur dictis monialibus seu earum mandato quinque solus parisienses, pro pœna et nomine pœnæ et interesse earumdem ; pro quibus redditu et pœna solvendis, ut dictum est, dictam præposituram et allios reditus meos de Acquigniaco obligo specialiter et expresse. Præterea si forte contingerit quod hæredes mei vel hæredes dictæ uxoris meæ prædictam assignationem redditus in posterum infringere voluerint vel aliquo casu contradicant, ego prædictus Guillelmus, ut dicta priorissa et conventus et monasterium earumdem indempnes penitus observentur, eisdem priorisse et conventui ac earum monasterio prædicto trado et assigno, in recompensationem et permutationem præmissorum, quadraginta libras paris, annui redditus percipiendas et habendas ab eisdem, in crastino Omnium Sanctorum annis singullis, super totam hæreditatem meam apud Villemonde sitam. Quas quadraginta libras volo et concedo reddi in dicto termino annis singulis prædictis moniallibus ac earum monasterio sub pœna prædicta. Ad quæ tenenda firmiter, et fideliter in posterum observanda, obligo me et dictam hæreditatem meam de Villemonde, et hæredes meos universos et singullares quoslibet in solidum et pro toto. Et si contingerit quod capperent dictas quadraginta libras apud Villemonde, prout superius dictum est, dictæ moniales, ex tunc tenerentur celebrare anniversarium meum et uxoris meæ in ecclesia sua Altæbrueriæ, annis singullis in futurum. Renuncians in hoc facto exceptioni doli, omnis juris auxilii canonici et civilis, omni consuetudini et statuto cujuslibet patriæ, et omnibus privilegiis et gratiis a sede apostolica vel rege seu quocumque alio principe concessis et concedendis, et omnibus aliis exceptionibus et allegationibus juris et facti, quæ contra præsens instrumentum vel factum possent objici vel opponi. In cujus rei testimonium, præsentibus litteris sigillum meum apposui. Datum anno Domini millesimo ducentesimo sexagesimo septimo, mense novembris. — Copie informe du XVIIIe siècle, au chartrier d'Acquigny.

XV.

A touz ceuls qui ces lettres verrout et orront, Hervé de Leon chevalier, sire de Noyon-sur-Andelle, salut. Savoir faisons que nous pour le salu de nostre ame, de noz ancesseurz et successeurz, avons donné et ottroié, donnons et ottroions en pure et perpetuel ausmone a noz amez hommes relegieus et honestes l'abbé et le couvent de l'abbaie d'Abbecourt quinze livres tournois de rente à prendre et a recevoir chascun an sur nostre prevosté d'Aquiugny ou terme de Noel jusques a tant que nous ou les diz relegieus puissions trouver aillours la dicte rente a achater et voulons bonement et accordons que se les diz relegieus ou leur mandement portant ces lettres ne povoient estre poiez chascun an de la dicte rente audit terme, que pour chascun jour après les octaves dudit terme nous et noz hoirs nostre prevost ou celi qui de nous aroit cause rendroit deus souls tournois de paine avesques le principal ; c'est assavoir pour une chappelline que nous devions avoir en la dicte abbaie comme il est plus plainement contenu en une lettre que nous avons des diz relegieus sur ce faite; la quele rente en la manière que dessus est dit et devisé nous leur promettons en bone foy pour nous et pour noz hoirs a poier au terme dessus dit; et quant a ce tenir fermement et loiaument et de non venir encontre par nous ne par autres ou temps a venir, nous leur obligions nous noz hoirs touz noz biens et les biens de noz hoirs meubles et non meubles presenz et a venir. En tesmoing de ce nous leur avons donnees ces presentes lettres scellees de nostre propre seel, en l'an de grace Mil III^c trente et un, le vandredi avant la feste Saint Michel ou Mont de Gargan. — Orig. sur parch. sc. enlevé, aux Arch. de Seine-et-Oise, F* d'Abbecourt. — Copie communiquée par M. Sainte-Marie Mevil, archiviste de Seine-et-Oise.

XVI.

A tous ceulx qui ces presentes lettres verront ou orront, suer Marguerite d'Estreinnes, humble prieuse de Haute Bruiere, de l'ordre de Fontebraux, frere Gille Poitevin prieur de la dicte eglise et tous li couvens de ce lieu salut en Nostre Seigneur. Comme les religieux abbé et couvent de Habecourt de l'ordre de Premonstré et leur eglise fussent tenus a nous et à nostre dicte eglise en la somme de deux muis de blé chascun an de rente annuelle et perpetuelle, paiez au terme de la Toussains chascun an, comme dit est, prins es greniers des diz abbé et couvent de Habecourt et en leur dicte eglise, à la mesure de Poissy; et de la dicte rente de II muis de blé dessus diz fussent annuellement et perpetuelment chargiez les diz religieux abbé et couvent de Habecourt et leur eglise, pour cause de certainnes terres seans assez pres de la porte de la dicte eglise de Habecourt. Item eussions et prenissions trente trois sextiers de grain chascun an c'est assavoir, XI sextiers de blé, XI sextiers d'orge et XI sextiers d'aveinne de rente annuelle et perpetuelle, prins sus la dime de Tiverval, dont la propriété appartient et appartenoit aus diz religieux abbé et couvent de Habecourt et à leur eglise, paiez par la main des diz religieux chascun an, comme dit est, au terme de la Toussains dessus dit; et il soit que les dictes terres, pour les quelles nous et nostre dicte eglise avions et prenions les II muis de blé de rente dessus diz es greniers des diz religieux de Habecourt et sur leur dicte eglise, soient toutes demourees en friche savart et desert, chargées de haies bois broussez et buissons par telle manière que jamais ne sont esperees d'estre mises à labeur; et aussi les dismes de la dicte ville de Tiverval sont par telle maniere diminuez par faute de labeurs, que pieca elles ne valurent riens aus diz religieux de Habecourt ne à leur eglise, ne yceulx religieux ne esperent que au temps advenir les dictes dismes leur puissent jamais riens valoir, ja soit ce que ou temps passé quant generaulx labeurs se faisoient ycelles dismes estoient aus diz religieux bien pourfitables; et non obstant les choses dessus dictes, nous par voie de justice contraingnions chascun an les diz religieux de rendre et paier a nous et a nostre dicte eglise les dictes sommes de grain tant blé orge comme aveinne, et estions en saisine et possession de prendre avoir et percevoir les dictes sommes de grains et estre paiez par la main des diz religieux et sus les lieux dessus desclairiez, comme possesseurs propriétaires, tenans et possidans les choses dessus dictes, qui devoient et doivent a nous et a nostre dicte eglise les choses dessus dictes chascun an comme dict est, et de ce avoir et percevoir nous et nostre dicte eglise estions en bonne possession et saisine de ci long temps qui n'est mémoire du contraire. Sachent tuit que pour bien de pais avoir, et concorde nourrir entre nous et les diz religieux, et pour eschuer matere de plait et de procès, nous et nostre dict couvent avons transsigié et acordé, transsigons et acordons avecques les dix religieux abbé et couvent de Habecourt que douze livres parisis, que yceulx religieux de Habecourt ont et prainnent chascun an de rente annuelle et perpétuelle toute admortie en la ville d'Acquiguy. sus la terre et prevosté d'icelle ville appartenant a noble homme et puissant Monseigneur de Guerartville, et de laquelle rente de XII livres parisis les diz religieux abbé et couvent de Habecourt dient avoir bonnes chartres; laquelle rente de XII livres parisis demourra franchement et quietement à nous et à nostre dicte eglise de Haute Bruiere à tousjoursmains et tout tel droit et action, comme les diz religieux abbé et couvent de Habecourt et leur eglise ont et puent avoir en la dicte rente de XII livres parisis, peinnes et autres choses admortis, comme dit est, sans riens retenir pour eulz ne pour leur dicte eglise de Habecourt ne pour leurs successeurs; et avecques ce les diz religieux de Habecourt nous bailleront les dictes chartres de la dicte rente de XII livres parisis et peinnes contenues en ycelles, pour nous en aidier à tousjours partout ou il appartiendra et ou mestier nous sera. Et renoncent et ont renoncié les diz religieux de Habecourt pour eulz et pour leur eglise et leurs successeurs du tout en tout à la dicte rente de XII livres parisis et peinnes contenues ez chartres d'icelle rente; et vouldrent et veullent que ycelle rente et peinnes soient desoresmais en avant au profit de nous ou de nostre dicte eglise ou noz successeurs en puissons aucune chose demander ou requere aus diz religieux abbé et couvent de Habecourt ou a leurs successeurs en quelque maniere ne par quelque voie que ce soit ou temps present ou advenir, sauf et reserve pour nous et nostre dicte église de Haute Bruiere et pour noz successeurs que tout ce que nous ou noz diz successeurs porrons avoir requerre et pourchacier ou temps advenir de nostre dicte rente, que nous avons sus la dicte disme de Tiverval et sus les tenans et possidans d'icelle, sera a nostre propre et singulier pourfit de nous et de nostre dicte eglise, et le praurons par tout et en tous lieux, ou nous ou noz successeurs en pourrons aucune chose avoir et prendre de raison, sauf ce que nous ou noz successeurs en puissions jamais à nul jour susvenir demander ou requerre aus diz religieux de Habecourt ne à leurs successeurs par quelque maniere ou condicion que ce soit, ja soit ce que il soient ou aient esté dit propriétaires de la dicte disme a laquelle propriété les diz religieux de Habecourt pour eulx et leurs successeurs ont renoncié et renoncent expressement. Toutes lesquelles choses dessus dictes et chascune d'icelles nous promettons en bonne foy pour nous et pour noz successeurs tenir, garder, enterner et acomplir de point en point, sanz jamais aler venir ou faire aler ne venir par nous ne par autres ou temps advenir encontre, sur ypothèque et obligacion de touz noz biens et des biens de nostre dicte eglise que par ces presentes lettres nous en faisons et renoncons à toutes choses quelconques qui tant de fait comme de droit aidier et valoir nous pourroient a aler et faire aler encontre, par nous ne par autres, ou temps advenir, et especialment au droit disant general renonciation non valoir. En tesmoing de ce nous avons scellees ces presentes lettres du propre seel de nostre dicte eglise duquel seul et pour le tout nous usons en toutes noz causes et besongnes. Ce fut fait le premier jour de mars l'an de grace mil trois cens soixante et dix.

Orig. sur parch. sceau enlevé. — Archives de Seine-et-Oise, Fs d'Abbecourt — Copie communiquée par M. Sainte-Marie-Mevil, archiviste de Seine-et-Oise.

Les religieux d'Abbecourt donnèrent de leur côté une charte semblable dont nous avons retrouvé une copie informe au chartrier d'Acquigny et dont voici les premières lignes : « A tous ceulx qui ces presentes lettres verront ou orront, frere Jehan Dorenc, par la grace de Dieu humble abbé de l'église de Habecourt de l'ordre de Premontré, et tout le couvent de ce lieu, salut en notre Seigneur. Comme nous et notre eglise feussions tenus aux religieuses et couvent de Haulte-Bruiere de l'ordre de Fontevrault, en la somme de deux muids de blé..... »

XVII

Rex omnibus, etc., Sciatis quod, etc., et pro bono servicio quod dilectus armiger noster Willelmus Mareschall, nobis impendit, etc., dedimus et concessimus ei totum dominium d'Acquigny, cum omnibus terris, etc. quibuscumque cum suis pertinenciis, infra balliagia de Rouen et Gisors in ducatu nostro Normannie, que fuerunt Domine de Laval, que hucusque rebellis contra nos existit, ut dicitur, que quidem dominium terre et possessiones cum suis pertinenciis predictis valoris octogintorum scutorum per annum existunt, ut dicitur, habend. et tenend. dictum dominium cum omnibus, etc., per homagium, ac reddendo nobis et heredibus nostris apud castrum nostrum Rothomagi ferrum unius lancee, ad festum nativitatis Sancti Johannis Baptiste, singulis annis imperpetuum. Reservata, etc. Proviso semper quod predictus Willelmus et heredes sui duos homines ad arma et quatuor sagittarios ad equitandum nobiscum, etc., invenire teneantur, etc. In cujus, etc. Teste Rege apud civitatem regis Rothomagen. xvie die februarii. Per breve de privato sigillo. — Rôles normands de Brequigny publiés par la Société des Antiq. de Norm., n° 304. Guillaume Marechal fit hommage le même jour. Ibid., n° 312.

XVIII

Du Roy mon souverain Seigneur je Anne contesse de Laval tieng et advoue à tenir nuement et sans moyen par foy et par hommaige pour moy et mes soubztenants a cause de son pays et duchié de Normendie ou baillage de Rouen et viconté du Pont de larche, la Baronie et chastellanie ou chastellanies terre et seigneurie d'Acquigny et Crevecuer sur la rivière d'Eure, pieça divisée en deux parties et de present radjoincte et unye ainsi quelle sestend et comporte tant en chief que en membres tenus franchement et noblement par une baronye entiere et ses appartenances jouste les lois et coustumes du dit duchié de Normendie et dont le chief est assis en la dicte paroisse d'Acquigny et y souloit avoir deux chasteaux ou maisons fortes sur la dicte rivière, lune au dit lieu d'Acquigny et lautre a Crevecuer de present et de longtemps en ruyne a loccasion des guerres; et sestend la dicte baronie es paroisses d'Acquigny, les Planches, Sorville, Criquebeuf la Champaigne, Heuderyville et les

Faulx, le Boulay Morin pres Evreux, la Vacherie sur Hodouville, la Croix Saint Lieffray. Au regard du dit lieu de Crevecuer et si sestend es paroisses de Dardes, Yreville, Ruilly, Saint Vigier, Fontaines soubz Jouy, le Haut Cocherel, Brainvilliers (l. Vieuvilliers) et es parties d'environ; en laquelle baronie a plusieurs forestz et grant quantité de bois sans tiers et dangier, ensemble garenne ou garennes, aunes, rivierre, moullins, œfs, rentes et autres droiz, et mesmement haulte justice, moyenne et basse, bailly, viconte et verdier esdites eaues et forestz, sergens et tout cognoissance de toute juridiction excepté des cas reservez au Roy notre dit Seigneur par la ditte coustume du pays, et ensement hommes, hommaiges, rentes en deniers, grains, œfs, oyseaux et autres especes, coustume, fouaige par toute la ditte baronie; amendes, forfaictures, pasturaiges, advenaiges et toutes autres droictures, dignitez et prerogatives a baron et haut justicier appartenant, selon la ditte coustume sans aucune reservacion et excepcion. Et de laquelle baronnie tiennent noblement par foy et hommaige plusieurs personnes qui ensuivent. Premierement en la paroisse du dit lieu d'Acquigny, les religieux abbé et couvent de Conches ung quart de fief ; Denis le Roux ung huitieme de fief appelé le fief de Vecquedal et duquel est tenu ung autre huitieme de fief assis en la dite paroisse de Heuderiville nommé le fief du Moucel dont est a present tenant Guillaume le Roux son fils. Item maistre Jehan Chalenge ung quart de fief nommé le fief du Hamel. Item Richart Goule un huitieme de fief nomme le fief a Levesque. Item le maistre et administrateur de l'hosteldieu de Louviers en tient ung huitieme, et Claudin d'Amfreville escuier ung autre huitieme de fief appeles les fiefs de la Mettaierie. Item Messire Jehan de Hellenvillier chevalier en tient le fief des Planches par ung fief entier et sestend au dit lieu des Planches et es paroisses de Sourville et de Criquebeuf. Item Jehan Hervieu soubzaagé en tient ung huitieme de fief duquel est tenu ung autre porcion de fief appartenant aux hoirs Jehan du Val et sa femme le tout assis à Brenvilliers. Item Jehan Hennequin et Jehan Hebert escuiers en tiennent ung fief entier assis en la paroisse de Ruilly et environ. Item Gilles de la Haye escuier en tient ung quart de fief ou hamel de Chantelou. Item le dit Hennequin en tient ung huitieme de fief ou hamel de Carcouet. Item Philippe le Veneur escuier en tient ung autre huitieme de fief ou dit hamel et environ. Item Nouel le Francoys en tient ung huitieme ou hamel du Mesnil Anceaulme. Item Philippes de Thierray (sic) escuier en tient un fief entier assis en la paroisse d'Ireville. Item Guillaume le Roux en tient ung huittieme de fief assis a Crevecuer appellé le fief de Bailleul. Item Guillaume Maillart escuier et sa femme au droit d'elle en tiennent ung plain fief appele le fief de Champaignes. Item Dame Jehanne de Marcilly veufve de Messire Bertrand de Tessay chevalier en tient ung fief entier appelé le fief de Dardes duquel sont tenuz deux huitièmes de fief lun appelé le fief du Mesnil Morin et l'autre le fief au Frant assis en la paroisse de Fontaines et environ. Item elle en tient un quart de fief appelé le fief de Verdun. Item Dame Charlotte de Lyon en tient un fief entier appellé le fief de Fontaynes soubz Jouy, duquel est tenu ung huitième de fief appellé le fief de la Ronce en la dite paroisse. Item Alips Brodon Damoiselle en tient un quart de fief assis au haut Cocherel et environ. Item Guillaume de Mailloc escuier et sa femme fille de Messire Bertrand du Mesnil en son vivant chevalier en tiennent au droit d'icelle femme ung fief entier appellé le fief du Boulay Morin. Item Guillaume de Gisencourt escuier en tient ung fief entier appelle le fief de la Chappelle des Faulx et les appartenances. Item Drouet Recusson escuier en tient un fief entier duquel est tenue certaine vavassourie le tout assis en la paroisse de Chambroys sur Eure et environ. A cause des quelx fiefz iceulx nobles tenantz me sont tenuz faire hommaige, ensemble le service d'ost et payer les reliefs treziesmes et autres aides et droiz seigneuriaulx pour ce deuz et accoustumez selon les loys et coutumes du dit pays de Normendie; et avecques ce ay droit de tiers et dangier sur tous les anciens boys des dits nobles tenans; et en oultre sont tenuz chacun tenant desditz fiefz entiers, et les autres membres a lequipollent, faire garde par chacun an et par certain temps à l'une des portes desditz chasteaulx ou maisons fortes d'Acquigny et Crevecuer. Et aussi les subgietz non nobles dicelle baronie y sont tenuz faire le guet de nuit chacun à son tour et en droit soy le tout quant mestier seroit et que les ditz chasteaulx ou maisons fortes seroient en reediffication. A cause desquelles mes dittes terres baronnie et seigneurie d'Acquigny Crevecuer et autres seigneuries et chacune d'icelles en son regard et leurs appartenances, je doy au Roy notre dit seigneur pour moy et mesdits soubz tenants foy et hommaige de bouche et de mains, service d'ost, reliefs, treiziesmes et toutes autres droictures et aides coustumières toutteffois que les cas escheent et ainsi que les autres barons et nobles tenans du dit duchié de Normendie et que faire se doit selon raison et la coutume du pays; et lequel adveu je baille au Roy notredit seigneur par protestacion et reservacion que pour ce que j'ay perdu à l'occasion des guerres la pluspart des enseignements et escriptures de mesdittes terres et seigneuries, il estoit trouvé cy en arrieres que en cest aveu eust aucun erreur ou prejudice du Roy notredit seigneur, moy ou mes subgestz, à le augmenter, diminuer et ramener à la verité et estat du, touttefois quil vendra a cognoissance. En tesmoign de ce j'ay fait apposer mon seel à ces presentes Donné à Vittré le quatriesme jour de juing l'an mil cccc cinquante cinq.

Arch. imper. P. 303 3e partie Orig. cote 432.

XIX

Francois, aisné fils du comte de Laval, conte de Montfort, sire de Gavre, de la Guerche, de Louvoys et d'Aquigny, a tous ceux quy ces presentes lettres verront salut. Comme de la part des Religieux hommes et honnestes personnes les Religieux abbé et couvent et monastere de Saint Pierre et Saint Paul de Chastillon-les-Conches nous ait été exposé comme ja pieca par nos progeniteurs et predecesseurs sieurs d'Aquigny leur furent donnée et aumosnée plusieurs dixmes et revenus en icelle notre ditte terre d'Aquigny, pour faire prieres et oraisons et pour le salut de leurs ames et par especiallement entre les autres dons aumosne et octroys par nos dits predecesseurs faits aux dits Religieux abbé et couvent leur fut concedé la dixme de tous nos bois de notre ditte seigneurie d'Aquigny ensemble celle des poissons prins en la riviere d'Eure en tant qu'il nous en apartient en notre ditte seigneurie en la ditte riviere d'Eure au dessus du grand pont du dit Acquigny, appellé le Gort aux Moynes, lequel gort au temps du dit don ils dient avoir esté de la valleur de six cens anguilles par chacun an. Et ausy que en depuis, savoir en l'an de Notre Seigneur mil trois cens six, comme question fut meue entre Monseigneur Guy, lors conte de Laval et les dits religieux abbé et couvent pour la dixme des bois des Fault, iceluy conte leur bailla en recompense dicelle sept livres tournois a leur estre payées par chacun an au jour et terme de Toussaint sur les deniers de la prevosté du dit Acquigny, desquelles choses et chacune ils ont jouy et possédé plainnement et paisiblement au moyen des dits octroys par longue espace de temps sans aucun contredit, et jusques à ce que les guerres et divisions eurent cours en ce royaume, par lesquelles leur ditte possession a esté retardez et la jouissance de leurs dits droits enpeschée, nous supliant les Religieux Abbé et Couvent, nous informer sommairement et de plain de leurs dits droits, faire voir tout, visiter leurs chartres et ce congneu, en aquiessant au dit don, bon voulloir et largission de nos dits predecesseurs, les maintenir en leurs droitures en les faisant jouir d'icelles toutes (l. selon?) la forme et teneur de leurs dites chartres. Ouye laquelle requeste, en considération de ce que dessus, voullant a un chacun estre rendue droicture, et especialement le droit des eglizes garder, nous ayons par nos biens amez et feaux nos bailly et autres officiers du dict Aquigny fait faire enqueste sur le droit et possession des dits religieux, abbé et couvent bien et deument, ainsi que en tel cas est requis, et icelles enquestes et informations fait aporter par devant nous et les gens de notre conseil, lesquelles ensemble les dittes chartres des dits Religieux nous avons fait voir et visiter par grand et meure deliberation, et ne nous est point aparu que les dits religieux abbé et couvent soient en aucune possession de percevoir et avoir les dicts droictures, fors seullement du dit gort dont ils jouissent, et que au regard du dit apointement qui fut fait entre le dit Monseigneur Guy comte de Laval et eux, touchant les sept livres tournois pour recompense de la dixme du bois des Fauts il n'est point sorti son effet au proffit d'eux, mais est l'opinion de plusieurs antiens et notables gens de la ditte terre d'Aquigny qué, pour recompense de toutes et chacunnes les droitures dessus dites, autres fois ait été baillée par nos predecesseurs au dessus-dits religieux, abbé et couvent, autres fief, bois et revenus qu'ils ont à present en notre ditte seigneurie d'Aquigny, et dont ils jouissent; parquoi ne sommes aucunement tenus de droit enterinez leur requeste, ne leur faire delivrance des dittes dixmes et autres droitures; mais pour la grande et singuliere devotion que avons aux benoist Saint Mauxe, Vénérand et leurs compagnons martirs, en lhonneur desquels fut par nos dits prédécesseurs fondé le prieuré d'Aquigny, menbre dependant de la dite abaye de Conches, et auquel prieuré les reliques des dits benoits martirs reposent, et pour faire par le prieur du dit lieu d'Aquigny et ses religieux a toujoursmais perpetuellement, pour les ames de nous, notre tres chere et tres amée compagne et espouze Catherine seulle fille d'Allencon et de nos dits predecesseurs trespassez un unniversaire solemnel, savoir vigilles et messe des trepasez à diacre et soudiacre chacun an, le vendredi prochain après le jour de la solemnité des dits martirs Mauxe et Venerand et leurs compagnons, et ainsi pour demourer a estre perpetuellement ès autres biensfaits prieres et oraisons des religieux des dits abaye et prieuré; savoir faisons que nous avons donné et donnons par ces présentes au dit prieuré d'Aquigny et religieux qui serviront en icelui a toujours a perpetuellement par heritages la somme de sept livres dix sols tournois, rente annuelle et perpetuelle que voullons leur estre payée et continuez par chacun an au jour et termes de Tousains sur les deniers de notre prevosté du dit Aquigny, a commencer le premier payement a la feste de Tousaints prochainement venant et à condition reservée avons que toutesfois et quantes que par nous ou nos successeurs et heritiers sieurs du dit Acquigny sera baillée au prieur et religieux du dit lieu la somme de cent livres tournois a un seul payement a estre convertis en rente pour et au profit du dit prieuré, les dits sept livres dix sols tournois demeureront franches et quittes a nous ou a nos dits successeurs, et sera notre ditte prevosté dechargez du dit devoir, et ne leur seront point les arrerages des dits sept livres dix sols tournois qu'il auront receus, deduites ne rabatues sur le principal de la somme des dits cent livres tournois. Et sinon (l. donnons) en mandement a nos receveurs ou fermiers du dit Acquigny presents et avenir qu'ils et chacun deux payent et continuent par chacun an pour ladvenir au prieur du dit Saint-Mauxe la ditte somme de sept livres dix sols tournois, et par raportant ces presentes ou le double d'icelles autenticqué deument pour une fois seullement aveques les quittances pertinentes du dit prieur, elle leur sera allouee ainsy quil apartiendra. En tesmoings de ce nous avons signez ces presentes et fait sceller du seel de nos armes le vingt septiesme jour d'avril l'an mil quatre cens quatre vingt trois. Par Monseigneur le Conte labbe de Clermont, le prieur de Sainte Catherine les Laval, le Seigneur de la Leserie et autres presents. — Cartul. du prieuré.

XX

Du Roi mon très souverain seigneur, Je Henri de Silly chevalier Seigneur de la Roche Guyon et Baron de la terre seigneurie et Baronnye d'Acquigny et Crevecœur tiens et advoue a tenir c'est assavoir la dite terre seigneurie et Baronnye d'Acquigny et Crevecueur, a laquelle d'ancienneté y avoyt deux chasteaulx et manoirs seigneuriaulx avec les préclosures d'iceulx, l'un assis au dit lieu d'Acquigny près l'eglise du dit lieu et de la rivière d'Eure, maintenant rebasty et de nouveau construict et edifflé de maisons et aultres edifices en pourprys et enclos, à l'endroit duquel y a bouche caves maisons et autres lieux et aisances pour le dit chasteau, dessoubz la cariere a moy appartenant; et l'aultre au dit lieu de Crevecueur ruyné par les antiennes guerres; ainsi que les dites places se poursuyvent et comportent. Item en icelle terre seigneurie Baronnie et chastellenie du dit Acquigny et Crevecueur, jai tous droits de haulte justice moyenne et basse, et cognoissance de touttes causes querelles, tant civilles que criminelles, confiscations forfaictures et tous autres droits appartenantz a baronnyes chastellenyes et haultz justiciers, selon la coustume du pays, sauf celles qui sont reservées au Prince. Et pour l'exercice de la dite haute justice, j'ai bailly, vicomte a present reduitz en l'office de bailly vicontal par l'ordonnance du Roi, verdier, procureur fiscal, greffier, procureur recepveur, sergentz, seel autentique, tabellions et aultres officiers a l'exercice d'icelle justice, tant par appel que par ressort, et aussi cognoissance des nobles tenantz de moy fiefs et arriere fiefz, a cause de ma dite Baronnye d'Acquigny et Crevecueur. Jai aussi a cause de ma dite seigneurie, droict de foire et de marché Touttes lesquelles offices sont en ma présentation nomination et plaine disposition. Item m'appartient aussi en patronage lay la cure Saint Vigor sur Ure, dont la collation appartient a Monsieur d'Evreux, et des cures en patronage lay de mes vassaulx tenans fiefz et arriere fiefz de moy, s'il y en a aulcuns vaccans au dict Acquigny, durant la garde noble, avec les fruitz de la ditte garde. Item, j'ai droit de pressurage, droict de tor et ver et aultres droictures a tel fief appartenantz, suyvant la coustume de Normandye. Item mappartient a cause du domaine du dict Crevecueur, oultre le circuyt du dict chasteau, envyron le nombre et quantité de vingt cinq acres, tant en terres labourables, aulnoys que pastures, ou est assys la fontaine du dit Crevecueur. Item souleyt avoir en la dite Baronnye d'Acquigny et Crevecueur six moulins moulans bled et farine, c'est assavoir quatre au dict Acquigny, et de present n'y en a que deux, l'un nommé le moullin du Bourg, le second le moullin du Hamel. et le tiers nommé le moullin de la Ruelle est de present en ruyne, le dict moullin du Hamel assis en la rivière d'Ure, et le dict moullin du Bourg assys sur la riviere d'Yton esquelz moullins tous les subjetz de la dicte Baronnye d'Acquigny sont subjects a y venir mouldre leur grain et en payer la droicture accoustumée sur la peine de forfaitture; et sy y sont subjetz les manans et habitans du village de Vievillers demeurantz en la dicte seigneurie a y aller mouldre comme les habitants du dict Acquigny; et ceux qui tiennent terres au dict village de Vievillers, et qui sont demeurant hors la ditte terre, sont tenus payer les moultes des terres qu'ilz tiennent sur la dicte baronnye d'Acquigny, a cause du fief nomme le fief de la Rue appartenant a Payen Bot ou ses heritiers et representans sieurs du dit fief, et en payer pour la dicte moulte de seize gerbes l'une, avant que riens enlever, sur peine aussi de forfaitture; et pareillement tous les autres tenantz terres et heritages roturiers en toutte la ditte Baronnye d'Acquigny et Crevecueur qui sont demeurantz hors la dite terre et Baronnye d'Acquigny et Crevecueur sur la dicte peine de forfaicture. Et quand au quatriesme moullin assys au dict Acquigny au lieu nommé Perchet, qui soulloyt mouldre de la ditte riviere d'Iton, il est de present en ruyne et non valleur, pour ce que les deux aultres moullins peulvent satisfaire à mouldre les grains des subjectz et bannyers d'iceulx. Et quant aux deux aultres moullins sont assis sur la riviere d'Ure appartenant au dict sieur, l'un appelé Fricault et l'aultre le Moullin Neuf. Esquels deux moullins sont subjectz tous les demeurantz au dict lieu de Crevecueur, Saint Vigor, Dardez, Rully, les Faulx, et la Chappelle du Boys des Faulx et aultres. Et ceux qui tiennent terres en la dicte Baronnye demeurantz hors la dicte terre sont tenus en paier la moulte, ainsi que dessus est dict et declairé, sur la dicte peyne de forfaicture. Et sy appartiennent aus dicts moullins droictz de biers pescheryes et tous aultres droictz accoustumez et aultres aisances Et sy m'appartient la dicte riviere d'Eure et tous droictz de pescheries en icelle en tant qu'elle se conciste et extend dedans ma dit e terre et Baronnye du dict Acquigny et Crevecueur; et pareillement la pescherye de la riviere d'Iton depuys les portelles qui sont au dessoubz du pont des Planches tout le long d'icelle rivière d'Iton descendant du dict Acquigny en la dicte riviere d'Eure. Pareillement les subjectz du dict Acquigny, Vievilliers, Sorville, les Faulx et le Mouchel de Heudreville sont subjectz de curer et nettoyer les biez des deux moullins du Bourg et la Ruelle de trois ans en troys ans et chacun faire une journée. Et avec ce sont subjectz et bannyers aus ditz moullins les hommes et subjectz de mes vassaulx tenantz fiefz et arrière fiefz de moy, pourveu que n'ayent moullins ne droict de moullins ou que leurs moullins ne feussent suffisantz a mouldre les grains de leurs subjectz pour leur provision, sans les porter mouldre ailleurs sur peine de forfaicture. Oultre sont tenus tous les bannyers du moullin Fricault me paier chacun an au jour de Noel un boisseau de bled oultre la redebvance du ban et les moultes de leurs grains. Et oultre ce jay sur la dicte rivière d'Eure une porte de riviere par laquelle les basteaulx passent appelée la porte Fricault, que le moulinier peult tenir fermée pour tirer l'eau en son moullin, et quant les basteaulx approchent d'icelle porte montans et avallans il doibt ouvrir la ditte porte pour passer les dictz basteaulx ou vaissel; et pour la dicte porte, doibt avoir pour chacun vaissel plain de sel montant deux deniers tournois, combien que je pretendz en avoir quatre deniers ainsi qu'il a esté usé par ci-devant. Et sy doibtz chacun basteau montant et chargé de quelque marchandise que ce soit passant par la ditte porte quatre deniers tournois. Et oultre les habitans de la parroisse d'Ailly sont tenus aller mouldre a mon dit moullin du Hamel tous leurs grains pour leurs provisions touttes et quantes f s que le moullin d'icelle seigneurie d'Ailly appelé le moulin du Ru du Bec de present en non valleur ne feroyt de bled faryne, et autant qu'il ne pourroyt suffire s'il estoit en valeur à servir les ditz parroissiens d'Ailly, sur peine de forfaicture comme dit est. Et vallent de present tous les ditz moullins de ferme par chacun an en communs ans ou environ la somme de quatre centz livres tournois evaluez a cent trente trois escus cinq tiers le tout baillé ensemble. Item y a greffe en ma ditte haulte justice lequel m'appartient, sur le revenu duquel se paient les gages de mondit bailly vicontal. Item j'ai tabellionnage au dict lieu d'Acquigny et Crevecueur. Item m'appartient a cause de ma ditte Baronnye et seigneurie du dict Acquigny et Crevecueur du domaine d'icelle les pièces de prey ci-après mentionnées. Premierement : une piece de prey nommée les grandz preiz de la Buttayne contenant neuf accres une vergée ou environ; d'un costé la riviere d'Eure. d'aultre costé les pastures, et des deux boutz en deux pointtes. Item une aultre piece de prey nommée les Prez du Lyon près de Becquedal, contenant trois accres demye vergée ; d'un costé le chemin tendant a Louviers, d'aultre costé les Coustures, d'un bout les pastures et d'aultre bout le sieur de Becquedal. Item une aultre pièce au dict triège contenant demye vergée ou environ, tenant des deux costez Marin Moysant a cause de sa femme, des deux boutz les pastures. Item une aultre pièce de prey près l'enclos du chasteau du dict Acquigny contenant troys vergées ou envyron, tenant d'un costé moy-mesme, d'aultre costé les heritiers de deffunt messire Richard Havart prebtre d'un bout la riviere d'Eure et d'autre bout monsieur Jean Perroy advocat au droit de sa femme. Item une aultre pièce de pré assize en la parroisse du dict Crevecueur près le chasteau du dict lieu contenant dix neuf accres ou envyron, bournée des deux costez et des deux boutz moy mesme a cause de mon domaine du dict Crevecueur, reservé le costé vers la riviere d'Eure. Item une isle assise au Hamel du dict Acquigny, contenant une accre et tenant des deux costez et des deux boutz a moy a cause de mon dict domaine, qui peuvent valloir communs aus l'un pourtant l'aultre, parce qu'il y en a de petitte valleur, la somme de cent livres tournoiz ou environ. Item l'eau de la riviere d'Eure depuys le fro aux pastures et depuis l'endroict de Pinterville jusqu'à la fosse d'Yton près le cloz Sainct Mauxe; et aussi l'eaue de la riviere d'Iton depuys les dittes portelles jusques a la riviere d'Eure, au dessoubz du moullin de la Ruelle; et l'eauc de Crevecueur de la ditte riviere d'Eure, depuys la separation de la ditte riviere d'Eure appartenant à l'Abbé de la Croix au gord de au dessus de Cailly jusques au manoir du sieur de Cleres, m'appartient en tout droictz de haulte justice, pescheryes, corrections d'engins, sergens dangereux pour en faire les captions et assignations par devant mon dict baillyvicontal au dit Acquigny; et en ay les amendes, confiscations, forfaictures et tous aultres droictz a moy appartenantz comme hault justicier et correcteur des ditz engins. Ausquelles rivieres nul ny peult pescher en quelque endroit que ce soyt sans ma permission congé et licence et de mes officiers, sur peine de forfaicture de leurs bestiaulx, enginset poissons et d'amende arbitraire. Laquelle pescherye des dittes rivières me peult valoir de ferme par communes années, l'une portant l'aultre, la somme de cent cinquante livres tournois. Item jai droict de coustume a ma ditte terre d'Acquigny de touttes denrées et marchandises qui sont vendues au dict lieu d'Acquigny, et de chacun challant ung deniers, et de chacun poinsson de vin vendu au dict Acquigny et transporté hors du dict lieu d'Acquigny quatre deniers; et vallent a present les dictz droictz quinze ou seize solz tant seulement, parceque je ne jouys a present du marché ny foires en ma ditte terre d'Acquigny et Crevecueur, encorres que jen aye lettres desquelles je protestes m'esjouir quant il appartiendra. Item mes predecesseurs soulloient avoir audict lieu d'Acquigny four bannyer qui n'est de present en valleur, mais a esté par cy devant assencé a rente a mes subjectz d'Acquigny. Item jai au dict Acquigny et Crevecueur droict de champart et champartage sur aulcunes terres subjettes au dict droict, qui se baille par chacun an a ferme, qui n'est de présent de grand proffict, parceque je n'ay encorres retiré les aultres déclarations de mes subjectz redebvables au dict droict de champart ou champartage, n'y pareillement de mes aultres rentes seigneuriales a moy deues, soubz protestation de les adjouster cy après, après que j'auray retiré de mes subjectz l'entiere congnoissance de mes dictz droictz. Item les rentes seigneuriales portantz reliefz, treiziesmes, forfaictures, amandes et aultres droictz seigneuriaulx a moy deuz des heritages roturiers tenus de moy a cause de ma ditte terre Baronnye et seigneurie du dict Acquigny et Crevecueur, payables chacun an a ma recepte du lieu d'Acquigny aux termes saint Michel, saint Remy, Toussaintz, Noel, aux Brandons, Pasques, et saint Jehan, me vallent chacun an quant a present, selon les déclarations que jay peu retirer de mes subjetz, a tous les dictz termes, en deniers la somme de unze vingtz dix livres ou envyron, bled de rente troys boisseaulx troys quartes et demye, orge deux boisseaulx, avoyne de rente dix neuf boisseaulx, chappons de rente vingt ung, poulles douze, poussins, demy poussin, sauf à y adjouster comme dit est. Item les habitants de Dardez, Rully, le Boyon Crevecueur en partie et l'Engle. tenantz bestes a louage ou a moitié, me doibvent par chacun an assavoir: pour chacune bete à cornes le jour de l'Ascension deux deniers par chacun an, chacune beste a layne, pour la premiere ung denier et les aultres en suyvantz une maille, pour chacune chevre quatre deniers au jour de l'Ascension, sur peine de forfaicture ou de depry, lequel droict me peult valloir chacun an selon les bestes qui y sont dix solz tournois ou environ. Item a cause de ma ditte Baronnye d'Acquigny et Crevecueur jai droitz de reliefz, treiziesmes, sur tous les tenantz roturierement de moy soient gentilz hommes ou aultres qui est de vingt deniers t. par chacune livre de la vente. Et sy ay aultres reliefz, sur chacuns de mes hommes qui deceddent: trois solz pour le lieu ou ils deceddent et a eux appartenant en proprieté, et pour chacune accre de terre a luy (sic) appartenant douze deniers tournois, et les vignes preiz et aultres heritages a l'esquipollent, que sont tenus paier leurs heritiers ou successeurs apres leurs decez. Et si je puys user par voye d'arrest et de saisye, a deffaulte des dictz droictz non payez et en faire les fruictz myens, sur tous les dictz heritages, et aussi a faulte des rentes et droictz seigneuriaulx non payez et adveux non baillez, et selon la coustume et usance du pays. Item jay droict de fouage en toutte ma ditte Baronnye d'Acquigny et Crevecueur, sur tous les manans et habitans demeurantz en ma ditte terre, et des fiefz et arriere fiefz d'icelle terre ressort et soubztenantz dicelle, et tout ainsy que le Roy le prend en sa Duché de Normandie, qui est de douze deniers tournois sur chacun feu a paier de troys ans en troys ans, qui se prent et receoyt par mon recepveur d'Acquigny, a la contraincte de l'un de mes sergentz, après que l'assiette et cueulte en sera faitte par les habitans chacun en droyt soy, quilz seront tenus apporter à mon dict receveur au dict Acquigny. selon le roolle qui en sera faict par les dictz habitans et affermé par eulx par devant mon bailly du dict Acquigny pour en tenir compte au dict recepveur, et le tout aux despens des dictz habitans. Item j'ai droictz a cause de ma dicte terre Baronnye d'Acquigny et Crevecueur de chauffage en la forest de Bord et d'y avoir boys a bastir touteffoys que la necessité y est par les delivrance des officiers ordinaires de la dicte forest, francs passage (l. pasnage), pasturage, coustumes et aultres droictz que franc usager doibt et puist avoir selon droict et coustume. Item jay en ma dicte terre et Baronnye d'Acquigny et Crevecueur droict de gaulges et mezures tant a vins, vaisseaulx a grains, que futailles; aussi a bailler aux mesureurs mesures; et pareillement visitation sur le pain et aultres droictz et marchandises, et aussi de mettre prys sur le vin et aultres bruvages venduz en toute ma ditte baronnye terre sieurye du dict Acquigny et Crevecueur. Item mappartient a cause de ma dicte Baronnye d'Acquigny et Crevecueur du domaine dicelle plusieurs pièces de boys qui soulloient estre par cy devant et d'ancienneté en hault boys, et de present sont en taillys et tailles ordinaires desquelz la déclaration ensuit. Premierement, une pièce de boys de present en taillys vulgairement appelée la Tasse et la Romière au dessus du dict Acquigny, contenant le nombre de quatre centz huict accres troys vergées vingt deux perches ou envyron, la pièce ainsi quelle se comporte, tenant d'un coté les terres tenues en roture de moy, daustre costé le sieur de Cavoville et les dittes terres tenues en roture de moy, d'un bout la vallée de Becquedal, et d'aultre bout les pendantz d'Anffreville et les terres tenues de moy en roture. Item une aultre pièce de boys taillys assise au dict Acquigny au triège de Ingremare, contenant cent dix acres une vergée deux perches ou environ, la pièce ainsi quelle se comporte, d'un costé les terres roturières tenues de moy et aultres, d'aultre costé les seigneurs de Beauvays et du dict Ingremare, d'un bout les boys du sieur du Camp Jacquet et d'aultre bout les boys du sieur du Hamel et les ditz sieurs de Beauvays. Item une aultre pièce de boys taillys appelée les Marettes assize sur les pendantz d'Anffreville, contenant trois centz cinquante quatre acres troys vergées et demye quatre perches ou environ, la pièce ainsi qu'elle se comporte, d'un costé le sieur de Verdun et aultres d'aultre costé les sieurs des Planches, et les terres labourables, d'un bout les pendantz d'Anffreville, et d'aultre bout le sieur de la Vacherye sur Houdouville. Item une aultre pièce de Boys en ma ditte Baronnye a l'endroict des Grands Faulx, contenant deux cent quarante et une acre et demye troys perches ou environ. La ditte piece ainsi quelle se comporte, d'un costé le sieur de la Chapelle et de Verdun, d'aultre costé les terres du Vert-Buisson et des Faulx, et des deux boutz moi mesmes. Item une aultre pièce de boys taillys assise en notre ditte Baronnye, vulgairement appelée la Grande Onglée et la Petite Onglée, contenant le nombre de soixante accres et demye trente perches tenant d'un costé les sieurs des Planches et du Homme, d'aultre costé le dict sieur des Planches et d'un bout le sieur de la Chapelle. Item une aultre pièce de boys taillys assys en ma ditte Baronnye, vulgairement appelée le Fay, contenant quarante deux accres et demye dix neuf perches, tenant d'un costé les terres labourables de la seigneurie de Houdouville, d'aultre costé les Fresches, d'un bout le sieur de la Londe et d'autre bout en pointe finissant en riens. Item une aultre pièce de boys taillys assys a Crevecueur, vulgairement appelée le Clappier Madame, le Vaulx Lescard, Mare Roze et le Lignereulx, contenant le tout cent douze accres troys vergées trente perches ou envyron, la pièce ainsi qu'elle se comporte, d'un costé les terres et vignes du Mesnil Anseaulme, d'aultre costé les terres roturières tenues de moy. Item une aultre pièce de boys taillys avec les brieres du Boschyon, contenant cent trente accres vingt perches, tenant d'un costé les vignes de Rully et d'aultre costé les Lignereulx. La ditte pièce vulgairement appelée le Vaulx de Lyvet et la Fontaine Faulxpays. Item une aultre pièce de boys taillys assize au dict lieu de Crevecueur au triege des Aulnoys, vulgairement appelée le Bocquins, contenant demye acre une perche, de tous boutz et costez mon domaine non fieffé. Item une aultre pièce de boys taillys assise au dit lieu de Crevecueur, assize au triege des Aulnoys près la pièce ci-dessus, contenant deux accres et demye trente perches, de tous boutz et costez mon dict domaine non fieffé. Item une aultre pièce de terre en fresches et buissons, assize près les Grands Faulx, vulgairement appelée le Heuzeron, contenant le nombre de dix accres troys vergées trente cinq perches ou envyron, la pièce ainsi quelle se comporte, tenant d'un costé le chemin d'Evreux, d'aultre costé la seigneurie de Heudreville, et des deux boutz les terres roturieres tenantz de moy. Item une aultre piece de friesche en coste assize sur Cailly et Fricault, contenant grand nombre qui ne se peult labourer ny cultiver bonnement pour la roydeur de la coste, et peult bien contenir trente cinq accres ou envyron, tenant d'un costé les boys du sieur d'Yreville et aultres, d'aultre costé le chemin tendant de Cailly à Crevecueur. Item au dict lieu de Boschyon, entre Rully et le dict Boschyon, y a grand nombre de brières qui sont de present en non valleur et de nul proffict parcequilz ne se labourent point.

Tous lesquels boys et choses dessus dictes m'appartiennent a cause de mon dict domaine, et ne sont subjectz en tiers ne danger ny aulcune dixme, mais sont en ma plaine liberté et disposition a les vendre par chacun an par couppes ordinaires et aultrement, ainsi qu'il me plaist en disposer et ordonner. Et pour le regard d'iceux boys jay verdier, sergentz ordinaires qui font les captions adjournementz emprisonnementz et tous aultres exploitz de justice, lequel vierdier a toutte congnoissance de delitz pilleryes qui se font et commettent es dits boys, en premiere justice, et par appel pardevant mon bailly suivant la reduction des juges au dict Acquigny, et sy jay es dict boys tout droict d'amandes arbitraires, confiscations, aubeynes, forfaictures et aultres droictz de haulte justice, et oultre j'ay es dictz boys et en toutte ma ditte terre et Baronnye d'Acquigny et Crevecueur et es dépendances d'icelle, toutz droictz de garennes, chasse au gros et au menu, et pareillement a la ditte rivière et (sic) d'Yton en tant que se conciste ma ditte terre et Baronnye d'Acquigny et Crevecueur et qu'il m'appartient en icelle, prohibitive a tous aultres, en laquelle aussi et es dictz Boys nul ny peult chasser de quelque estat et qualité qu'il soyt au gros et au menu, sans mon voulloir congé et licence sur les peines a ce requises; et aussi nul ne peult mettre ni faire mettre bestes pasturer a mes dictz boys, ni en iceulx prendre couppes, ny desrobber aulcun boys, sur la dicte peine de forfaicture et d'amande arbitraire. Ensuit la déclaration des nobles tenantz fiefz par foy et hommage et en plain fief de moy nuement et sans moyens a cause de ma ditte Baronnye et chastellenye d'Acquigny et Crevecueur, a la charge des ditz foy et hommages qu'ilz sont tenus en faire, et de m'en payer les reliefz, treiziesmes, garde-noble et aultres droictz seigneuriaulx à moy appartenantz selon la coustume du pays. Et premièrement les abbé et couvent de Saint Pierre de Conches en tiennent ung quart de fief a court et usage assis au dict Acquigny. Item Françoise de Goulle, veufve de feu Loys de Houetteville sieur de Muydz a present noble homme Loys de Houetteville sieur de Mesgremont tient ung fief assys au dict Acquigny, nommé le fief de Seurville, aultrement le Camp Jacques, qui est ung quart de fief a court et usage, qui fut a Guillaume Levesque et depuis a Richard Goulle dont est a present tenant le dict sieur de Mesgremont, ou il y a plusieurs boys subjetz envers moy à tiers et danger, appellé mes officiers, et merquez a mon merc et marteau, ce quilz sont tenus faire toutes et quantes fois qu'ilz sont vendus. Item ung aultre fief appelé le fief de Becquedal en la ditte parroisse d'Acquigny, tenu en nombre d'un quart de fief qui fut a Denys Le Roux et de present aux hoirs de deffunct Mᵉ Robert Le Roux, duquel fief le dict sieur de Becquedal dict estre tenu de luy un membre de fief appelé le fief du Mouchel, qui fut a Ollivier de Gos escuyer, et depuys a Guillaume Le Roux. Item ung quart de fief appelé le fief du Hamel d'Acquigny, qui fut à Mᵉ Jehan Challenge, et de present en est tenant le dit Mᵉ Robert Le Roux ou ses dictz hoirs, ou il y a plusieurs pièces de boys subjectz envers nous a tiers et danger comme dessus. Item le fief des Planches qui est ung fief de haubert, tenu en nombre de fief entier a court et usage avec les appartenances, qui fut a noble homme Jehan de Herenviller, a cause duquel entre autre choses il dict estre patron de l'eglise de la parroisse du dict lieu des Planches, et s'extend le dict fief en la ditte parroisse des Planches et es parroisses de Criquebeuf-la-Champaigne, Seurville et ailleurs, et en est de present tenant noble homme Jehan de Manbeville, et auquel fief et ses deppendances il y a plusieurs boys subjectz envers moy a tiers et danger comme dessus. Item ung aultre fief a la Mestairie pres Anffreville, tenu par ung huictieme de fief dont fut piéça tenant ung nommé Pierrot Jourdain dit Le Camus que l'on dit l'Hostel Dieu de Louviers en estre de present tenant a la charge d'homme vyvant et mourant. Item ung quart ou huitiesme de fief assis en la parroisse de Vievillé a court et usage, qui fut antiennement à Jehan Hervieu Escuyer et le tiennent a present les heritiers de noble homme payen Bot demeurant au dict lieu. Item ung aultre fief assys a Heudreville nommé le Quart d'Acquigny qui fut a Loys Friandel, et est le boys Regnard, qui est tenu en tiers et danger, et en est de present tenant noble homme Francois de Quievremont. Item a Crevecueur et illec envyron ung huitiesme de fief nommé le fief Bailleu a court et usage, qui fut a Jehan de Bailleu, et depuis a Guillaume Le Roux, et de present a Pierre Challenge. Item ung aultre fief assis en la parroisse de Rully, qui fut a Jehan Hennequyn escuier, qui est ung tiers de fief, dont est a present tenant Georges Hennequin ou ses heritiers. Item ung aultre fief assis en la ditte parroisse, qui est ung tiers de fief, qui fut a Raolland de Baubigny, depuis a Jehan Hesbert filz de Guillaume Hesbert, et en est a present tenant Gilles de Venoix. Item ung aultre fief nommé le fief d'Ireville qui fut a Philippe de Charre, qui est un fief entier de haubert, et en est de present tenant Me Jacques Fizel conseiller au Parlement de Rouen. Item ung aultre fief qui est ung quart de fief nommé le fief du Mesnil Anseaulme, dont est a present tenant Me Jacques Challenge. Item ung aultre fief noble assys au Mesnil-Anseaume, qui fut a Grosse-Jambe depuis a Noel Le Francois d'Evreux qui est ung quart de fief dont est a present tenant le dit Me Jacques Challenge. Item le fief, terre et seigneurie de la Chappelle du Boys des Faulx, qui fut a deffunt Billard du Bus, et de present appartenant a Nicolas de Limoges escuyer, qui est ung plain fief entier de haubert. Item, le fief terre et seigneurie de Dardez, qui est un plain fief entier de haubert, qui fut a Messire Bertrand de Tessey, et de present en est tenant Anthoine de Sillens escuier. Item ung aultre fief nommé le fief du Mesnil-Morin, qui fut a Jehan de Dardez, dont est a present tenant René de Tessey ou ses representants. Item ung aultre fief terre et seigneurie de Champaignes, qui est ung plain fief entier, qui fut a Guillaume Maillard et sa femme, et en est de present tenant Jacques Maillard ou ses representantz. Item le fief terre et seigneurie du Boulley-Morin, qui est ung demy fief, qui fut a Me Bertrand du Mesnil, depuys a Guillaume de Mailloc, et en est de present tenant Christophe de Mailloc ou ses representantz; et y a au dict fief quelque portion de boys tenu de moy a tiers et danger comme dessus. Item le fief terre et sieurie de Fontaynes soubz Jouy, qui est un plain fief entier qui fut

à Messire Andrieu Dasnieres, et de present en est tenant Jehan de la Haye par acquisition. Item le fief de Laulnay assys au dict lieu de Fontaine, qui est ung huitiesme de fief, qui fut a Jehan Lefranc, et de present le tient ledict Jehan de la Haye. Item ung aultre fief qui est ung huitiesme de fief nommé le fief de Verdun, dont est a present tenant Mᵉ Jehan Le Tellier. Item ung aultre fief nommé le fief de Morel assis a Verdun, qui est ung aultre huitiesme de fief, dont est a present tenant ledit Mᵉ Jehan Letellier. Item ung aultre fief terre et seigneurie nommé le fief de Chantelou, qui est un quart de fief de Haubert, qui fut à Philippes de la Haye escuier, et de present a Jehan de la Haye, assys au hamel de Chantelou; auquel fief y a plusieurs pièces de boys qui sont tenues et subjectes envers moy a tiers et danger, touttes et quantes fois quilz sont vendus et cryez en la presence de mes officiers et marquez a mon marteau. Item le fief de Carcouet qui fut a Jehan le Moyne d'Evreux, qui est ung huitiesme de fief, qui fut a Jehan Hennequin, et a present le tient Jacques D'Avoynne sieur de Manneville, a cause de sa femme héritiere de Georges Hennequin. Item ung aultre fief au hamel de Carcouet qui fut a Philippe le Veneur, qui est ung huitiesme de fief, et de present en est tenant Tenneguy le Veneur sieur de Carrouge. Item ung huitiesme de fief appellé le fief de la Ronce, assys au lieu de Fontaynes sous Jouy, qui est un quart de fief dont est a present tenant ; et dict le sieur de Fontaynes quil est tenu de luy, et moy au contraire. Item ung aultre fief qui est ung quart de fief assys au hault Cocherel, en la parroisse du dict Cocherel, dont est a present tenant une nommée Margueritte d'Etanson ou ses hoirs. Item ung aultre fief entier assis en la parroisse de Chambrey sur Ure duquel est tenu une vavassorerye pres Vernon, qui fut à Drouet de Recusson; auquel fief y a grand nombre de boys subjetz envers moy a tiers et danger, selon l'usance et coustume dessus ditte, et duquel fief est a present tenant
Item ung aultre fief de la Mestairye près Acquigny, qui est ung huitiesme de fief, qui fut a Claudin d'Auffreville et de present a Nicolas Vipart escuier sieur du Bethomas. Les tenantz de tous lesquels fiefs et arriere fiefz sont tenus de m'en bailler les adveux, et faire foy et hommage de bouche et de mains, et m'en payer les reliefz et treiziesmes et aultres droicts seigneuriaulx, selon la coustume du pays; c'est assavoir : pour le relief de chacun plain fief, quinze livres tournoyz, et des aultres a l'esquipollent, et pour chacune vendition qui en seroit faicte le treiziesme denier. Et sy m'appartient avoir la garde des soubz aagés de mes dictz vassaulx, quant le cas y eschet. Item mes dictz vassaulx tenantz les dictz fiefz et arrière fiefz sont tenus garder les portes des dictz chasteaulx ou chastellenyes, ou cas qu'ilz soient en fortifications, chacun d'eux jouxte que leurs predecesseurs estoient tenus faire par leurs adveux antiens; et les aultres subjetz sont tenus faire le guet de nuyt les dittes places rediffiées comme dyt est. Item tous les aultres boys des dictz fiefz et arrière fiefz sont subjectz a tiers et danger envers moy, et ne les peuvent vendre ou faire user, sans que le tiers et danger en ayt esté passé par enchères en ma jurisdiction, et le merc et marteau délivré, sur peine de forfaicture, et le dict droict a moy paié. A la quelle terre seigneurie et Baronnye d'Acquigny et Crevecueur me compette et appartient au droict de la succession de dame Anne de Laval ma mère, a laquelle elle appartenoyt a cause de la succession de ses prédécesseurs; et en doibtz au Roy mon dict

seigneur foy et hommage, reliefz et treiziesmes, et aultres droictz et debvoirs seigneuriaulx, quant le cas soffre et y eschet. selon la coustume de ce pays et Duché de Normandie. Et oultre je doibtz par chacun an, au terme du premier de may, une paire de gants, pour le droict que jai eu la ditte forest de Bord, d'avoir boys à ardoir et bastir, usage et pasturage; les dictz gandz payables au domaine de sa magesté, en la viconté de Pont de larche. Pour protestation que sy aulcune chose avoit esté obmise par inadvertance non connoissance ou aultrement en ce present adveu ou déclaration, que ce ne me puisse préjudicier a en bailler et faire plus ample déclaration, ou diminuer, si plus ou moins en venoit a ma dite congnoissance quil n'est cy dessus déclaré; a quoi je n'entendz etre prejudicié, ains reservez. En tesmoing de quoy jai signé le present adveu et denombrement de ma main le troisiesme jour de janvier mil cinq cent quatre vingt et quatre.

Signé Henry de Silly.

Plus bas est ecrit: Le deuxiesme jour de mars mil cinq cent quatre vingt neuf, main levée a eté octroyée par la Chamb. des comptes de Normandie a Dame Anthoinete de Pontz, veufve du dict de Silly a present deffunt, ayant la garde noble des enfantz soubzaagé du dict deffunct et d'elle, selon les lettres de vérification du Bailly de Rouen ou son lieutenant en la vicomté de Pont de l'arche, du premier jour de juin et aultres en suivantz quinze cent quatre vingt quatre et cinq. Reservé pour le droict de patronage de St Vigor, ensemble la tenure des fiefz de Launay et le Boys Reguard, autrement dict le Quard d'Acquigny, qui ne se trouvent employez aux anciens adveux, representez par la dicte veuve, pour lesquelz rapportant pièces valables, sera faict droict, a la charge que le mot d'aubeyne en sera effacé, et que au lieu de la redebvance d'une paire de gandz pour le droict de chauffage, il employroit une douzaine d'esguillettes de soye verte, payable par chacun an, au premier de may, suivant l'arrest de la chambre de parlement porté par la dicte veufve du 24 janvier 1584, contenant vérification des lettres et chartes y mentionnés de la concession du dict chauffage et boys a bastir, et a la charge aussi de paier par la dicte veufve, les droictz de reliefz et autres droictz, sy aucuns en sont pour ce dubz, si paiez n'avoient esté, le tout suyvant qu'il est plus amplement specifié aux lettres d'expédition de la dite main levée du dit jour et an a elle délivrée; signé: Roussel.

Orig. aux Arch. de la Seine-Inférieure.

XXI

JOANNES DESCHAMPS presbiter canonicus et officialis ebroicensis vicariusque generalis in spiritualibus et temporalibus illustrissimi et reuerendissimi domini domini JACOBI miseratione diuina tituli sanctæ Agnetis in agone sanctæ romanæ ecclesiæ presbiteri cardinalis a Perronio nuncupati ebroicensis episcopi vniuersis præsentes litteras inspecturis salutem in filio virginis gloriosæ, qui est cunctorum bonorum et omnium in eo sperantium adjutor et vera salus. Supplicationem dilectorum nostrorum Nicolai Malassis, Jacobi Petit, Michaelis Guerin, Francisci Haze, Guillelmi le Tellier filii Simonis, Petri le Chien filii Naudini, magistrorum Marini Regnault decani de Locoueris et Tassini

Herichon presbiterorum, Philippi le Boullenger, Simonis du Gard, Nicolai Boudeuille, magistri Francisci Boudeuille, Nicolai de Caulx. . . . . Guillelmi de Cricquebeuf, Jacobi Dorbec, Ludouici de Caulx, Naudini Guerin, Petri de la Court, Ludouici Behon, Roberti Gouyer, Ludouici le Mercier, Nicolai Piedeuan filii Roberti, Francisci Herichon, Roberti Labye, Petri le Maistre, Naudini Cirasse, Joachim Piedeuant, Henrici le Chien, Michaelis le Chien filii Colini, Naudini Aismoult, Joannis Guerin filii Dionisii, Naudini Foucher, Joannæ le Boullenger viduæ defuncti Joannis Petit, Guillelmi Varin, Francisci Petit filii Jacobi, Guillelmi le Chien filii Michalis, Stephani Osmont, Petri le Carpentier, Nicolai Piedeuent senioris, Nicolai Piedeuent filii Nicolai, Martini de Cricquebeuf, Ludouici le Mercier senioris, Roberti Picton, Egidii Desmons, Nicolai Theroude, Eustachii Osmont, Eustachii Labye, Joannis Labye, Michaelis Gagain filii Guillelmi, Mathurini le Forestier, Paschasii Osmont, Jacobi Dehon, Mathurini Dorbec, Mathei le Mercier, Egidii Hazé, Valerii Freslé, Michaelis Piedeuant, Christofori Herichon, Claudii Picton, Guillelmi Dollepierre, Michaelis Camus, Stephani de Cricquebeuf, Joannis Hazé filii Eustachii, Michaelis Hazé, Thassini Herichon, Tussani de Cricquebeuf, Petri le Mesle, Jacobi le Villain senioris, Marini le Chien filii Michaelis, Christofori Mauzin, Ludouici Picton, Jacobi Petit filii Raulini, Stephani le Pelletier, Leodegarii Verard, Joannis le Chien filii Joannis, Dionisii Foucher, Guillelmi Gaigain senioris, Francisci Petit senioris, Tussani le Bref, Nicolai le Page, Guillelmi le Tellier filii Joannis, Francisci Hazé filii Francisci, Marini le Chien filii Jacobi, Petri Piedeuant, Joannis Landron, Mathei Melime, Michaelis Desmons, Joannis Rousselin, Joannis Bonhomme, Mathurini Dumont, Jacobi Herichon, Augustini Mauzin, Nicolai Osmont et aliorum confratrum confratricæ sanctorum Maximi et Venerandi, commorantium in pago de Aquigneio et in locis ejusdem circunuicinis nostræ diœcesis ebroicensis, hodie recepimus, continentem quod ob honorem Domini Nostri Jesu Christi et beatissimæ Virginis Mariæ genitricis ejus et predictorum sanctorum Maximi et Venerandi totiusque celestis curiæ, pro augmentatione diuini cultus, sub auctoritate tamen et beneplacito prefati domini ebroicensis episcopi volebant et intendebant inter eos erigere et de novo instituere vnam confratriam sub titulo et nomine predictorum beatorum Maximi et Venerandi in prioratu ejusdem loci de Aquigneio quolibet anno celebrandam et solemnisandam, pro qua quidem confratria erigenda instituenda et intertenenda fecerunt inter se cum matura deliberatione zelo piæ deuotionis et affectionis charitatiue commoti quædam statuta et ordinationes, quæ nobis scriptis similiter porrexerunt et tradiderunt formam quæ sequitur continentes :

STATUTZ ET ORDONNANCES *de la confrarie que desirent eriger les habitants de la parroisse d'Acquigny soubz le bon plaisir de Monseigneur l'illustrissime et reverendissime Cardinal du Perron euesque d'Eureux ou de messieurs ses grandz vicaires pour estre exercés et continués cy apres au prieuré et chapelle des martris sainct Mauxe et sainct Venerend situés en la dicte paroisse du consentement du prieur du dict lieu ou de son representant, Domp Jacques Thiesse religieux demeurant au dict lieu.*

PREMIÈREMENT.

En la dicte confrarie y aura le nombre de quatre vingtz seize freres seruantz personnes de bonne vie et de la qualite requise lesquelz seruiront par ordre et par dixaine ainsy qu'il ensuit.

Scauoir est que les six anciens freres de la dicte parroisse d'Acquigny seront eleux pour chefz de la dicte confrarie desquelz chacun commandera et seruira en son rang et ordre et selon quil a esté receu en la dicte confrarie.

Soubz chacun des dictz chefz se reduiront les dictz freres jusques au nombre de quinze pour par eulx seruir lespace de deux moys entiers et subir toutes les subjections cy apres declarées durant le dict temps de deux moys à la fin desquelz ilz en demeureront quictes et deschargez.

Le premier chef et sa dixaine aiant seruy par lespace de deux moys, a luy succedera le second et ainsy par ordre jusques a l'entier seruice de tous, lequel accomply, le dict premier chef auec sa dixaine recommencera son seruice.

Et ou les dictz freres en personne ne pourront assister lors de leur charge et exercice ilz se pouront faire descharger par commis pourueu quil soit lvn des confreres receuz en la dicte confrarie,

Ce neaulmoins tous les freres seruants de la dicte confrarie encores quilz ne soient en exercice, seront tenuz d'assister en personne a la messe et procession solemnelle qui se celebrera es jours et festes de sainct Mauxe et sainct Venerend vingt cinq^{me} may, du lundy de Pasques, lundy de Penthecoste et sainct Estiene le lendemain de la natiuité de Nostre Seigneur, chacun d'iceulx portant vn cierge ardent en la main et sur peine aulx defaillantz de douze deniers d'amende aplicable au profict de la dicte confrarie sil ny a cause et excuse legitime laquelle sera jugée par le roy et les chefz de la dicte confrarie.

Item chacun des dictz confraires seruants entrant en la dicte confrarie sera tenu paier à la dicte confrarie vne liure de cire en essence pour l'entretien du luminaire dicelle confrarie.

Item sera tenu de porter vn flambeau ardent du poix d'une livre ou plus, pour honorer Dieu et les sainctes reliques lors quelles seront portées aux processions qui arriueront durant le temps de son exercice, sans empescher toutesfoys ceulx des dictz confreres qui desireront y assister par deuotion.

Item sera dicte et celebrée par chacun dymanche une messe basse en la dicte chapelle sainct Mauxe aux despendz des dictz confreres a laquelle seront tenuz d'assister les freres seruants en la dicte confrarie sur peine de paier deux soulz et six deniers applicables a la dicte confrarie.

Item sera eleu vn des dictz confraires par chacun an, pour receuoir tous et chacun les deniers de la dicte confrarie, lequel en rendra bon et loyal compte, en presence du roy et des dictz chefz le lendemain de la dicte feste sainct Mauxe, a la fin de la messe qui sera chantee solennellement au dict lieu, a l'intention des freres et de tous fidelles trespassez.

Item par chacun an le jour et feste de sainct Mauxe susdict sera designé lun des dictz confreres pour estre roy de la dicte confrarie le tout par ordre et selon l'antiquité de reception.

Item le baston de la dicte confrarie sera conuoyé par les dictz confraires tous assemblez et portants cierges en leurs mains jusques en la maison du roy, pourueu que sa demeure ne soit hors le district de la dicte paroisse.

Item pour l'entretien de la dicte confrarie, chacun des dictz confreres sera tenu paier par chacun an, entre les mains du receueur qui sera eleu, la somme de deux soulz six deniers.

Item les dictz confreres seruants pouront receuoir en leur dicte confrarie toutes sortes de personnes hommes et femmes, pour estre associez aux prieres, lesquelz pour entrer paieront deux soulz six deniers, a raison de chacune personne, et par chacun an suiuant, douze deniers.

Item arriuant le decez d'un des dictz confreres chacun des autres sera tenu paier la somme de deux soulz six deniers pour faire dire messes et seruice a l'intention du defunct en leglise paroissiale du dict Acquigny, la dicte somme sera receue et touchée par le receueur de la dicte confrarie.

Item si le defunct est trouué n'auoir moyen d'aulcun linceuil pour l'ensepuelir les dictz freres en fourniront aux despendz de la dicte confrarie.

Item le chef et freres seruants pour lors en leur exercice seront tenuz assister a la sepulture du dict confrere defunct aiants leurs cierges ardants et porter son corps jusques au tombeau, pourueu que ce ne soit hors le territoire de la dicte paroisse, le tout sur peine de dix soulz applicables à la dicte confrarie.

Item le dict chef sera aduerty par le roy de la dicte confrarie, et ayant receu le dict aduertissement sera tenu faire aduertir sa dixaine, et en cas de default, paiera la somme de cinq soulz applicable a la dicte confrarie, moyennant que le defunct soit decedé en la dicte paroisse et que les freres de la dixaine soient residentz et demeurantz en la dicte paroisse d'Acquigny.

Requirentes nobis et petentes quatenus hujusmodi confratriæ erectionem et institutionem predicta statuta, ordinationes et institutiones et contenta in eis laudare ratificare et approbare nostrumque super illis decretum et auctoritatem interponere vellemus et dignaremur. Hinc est quod nos cupientes singulos christi fideles et maxime gregem nobis commissum in bonis operibus perseuerare et in charitate Christi jugiter permanere, visis et mature deliberatis supradictis constitutionibus statutis et ordinationibus, sperantes tanto efficatius gratum Deo prestare obsequium, quanto feruentius christicolas incitauerimus ad opera charitatis, per quæ pœnas infernales euitare possint et æterna gaudia promereri, et quia illa quæ sunt ad laudem et gloriam omnipotentis Dei cultusque diuini augmentum et salutem animarum conspicimus vtique approbatione digna, supplicationi predictorum confratrum et consororum tanquam rationabili et juri consonæ pie et clementer annuentes, constitutiones et ordinationes predictas, prout superius designantur, tanquam laudabiles approbabiles et a fide catholica ac canonum constitutionibus non deuiantes, auctoritate nostra et in quantum de jure possumus, laudamus et approbamus ac tenore presentium confirmamus. Decernentes ipsas et earum quamlibet a fratribus dictæ confratriæ presentibus et futuris teneri, et a modo et deinceps inuiolabiliter obseruari ac roboris habere firmitatem, jure prefati

Domini ac Domini cardinalis a Perronio ebroicensis episcopi ac quolibet alieno in omnibus semper salvo, ea tamen lege et conditione quod si occasione dictæ confratriæ aliqua oriatur discordia terminabitur in curia episcopali ebroicensi et non alibi. Ceterum ut catholicæ fidei cultores attente magis et accurrate rem hanc cordi habeant, quo vberius de thesauro piæ matris Ecclesiæ se conspexerint esse refectos, NOS DE OMNIPOTENTIS Dei misericordia et gloriosissimæ Virginis Mariæ ac beatorum apostolorum Petri et Pauli meritis et intercessionibus confisi, omnibus vtriusque sexus vere pœnitentibus et confessis sacraque communione refectis, qui in missa seu missis deuote interfuerint ipsa die sanctorum Maximi et Venerandi, etiam et qui Deum exorabunt pro fratribus defunctis et benefactoribus ejusdem confratriæ, centum dies de injunctis sibi pœnitentiis misericorditer in Domino relaxamus. Datum Ebroicis sub magno sigillo curiæ episcopalis ebroicensis die decima tertia mensis julii anno Domini millesimo sexcentesimo sexto. (Signé) Deschamps et Martin.

Nous Vicaire general d'Illustrissime et Reverendissime pere en Dieu, Messire Gilles Boutault par la grace de Dieu et du Saint Siège apostolique Euesque d'Eureux, a tous les fidelles chretiens salut en notre Seigneur. Aprez auoir veu leu et curieusement examiné les statutz et constitutions cydessus, contenant, la confrerie erigée en l'église du prieuré d'Acquigny en ce diocese d'Eureux, considerant que la dicte confrerie souz le nom et inuocation des Bienheureux Saint Mauxe et Saint Venerand a pour but la gloire de Dieu, le salut et le repos des ames, et que de l'obseruance des dictz statutz et constitutions il en resulte et prouient de tres grandz fruitz, NOUS de lauthorité de mon dict seigneur Euesque, auons icelle confrerie confirmée et ratifiée, et les statuz et constitutions d'icelle louez et approuuez, et par ces presentes les loüons et approüuons, exhortons en notre Seigneur les confreres de la dicte confrerie le nombre desquelz a esté reduit et reglé par l'establissement d'icelle, au nombre de quatre vingtz seize freres et une sœur, et lequel nous permettons et consentons estre augmenté jusqu'au nombre de six vingtz, sans y comprendre le chapelain, le sonneur et la sœur, de les garder et obseruer religieusement, et tous les fidelles chretiens d'honorer cherir et reuerer la dicte confrerie, et de se faire enrooller en icelle. Donné a Eureux le sixième jour de juillet mil six cent cinquante neuf. (Signé) J. de Beaumesnil. — Original au château d'Acquigny.

XXII.

Statuts *et Ordonnances arrestez et establis par les confreres de la confrerie erigée dans l'eglise du prieuré d'Acquigny sous l'inuocation des bienheureux Martyrs S^{t}. Mauxe et St Venerand pour estre par eux entierement et inuiolablement obseruez.*

Il est premierement à remarquer que cette confrerye fut erigée en l'an mil six cents six le 13me jour de juillet, auec approbation et permission de venerable et discrette personne Mre Jehan Deschampz, pour lors chanoine en l'eglise cathedralle Nostre-Dame d'Eureux, official et vicaire-general de Monseigneur le Cardinal du Perron pour lors euesque d'Eureux.

Que la ditte confrairie estoit pour lors composée du nombre de quatre vingt saize freres seruants et vne seur.

Que depuis quelques années beaucoup de personnes, esmeues de piété enuers Dieu et de deuotion enuers les dictz bienheureux Martyrs S[t]. Mauxe et S[t]. Venerand, ont demandé auec instance une place dans la ditte confrairie, ce quils n'ont pu obtenir, à raison que le nombre de quatre vingt saize freres s'est tousjours trouué complet depuis beaucoup d'années.

Ce qui a excité les freres de la ditte confrairie de présenter requeste à Monseigneur l'illustrissime et reuerendissime Pere en Dieu Messire Gilles Boutault maintenant euesque du dit Eureux ou en son absence à Messieurs ses grandz vicaires aux fins quil leur fust permis de receuoir en la ditte confrairie par augmentation le nombre de vingt et quatre freres qui feroit en tout le nombre de six vingt, sans y comprendre le chapelain, le sonneur et la seur.

Laquelle requeste presentée a este accordée du sixiesme de juillet année presente 1659 par venerable et discrette personne Mre Jehan de Beaumesnil presbre chantre et chanoine de la ditte eglise cathedralle official et vicaire general de mon dit seigneur euesque. Et afin que cette augmentation n'apporte aucun desordre dans la dite confrerie, mais au contraire que Dieu y soit d'autant plus glorifié en ses saincts, les dits confreres assemblez en general, après une meure déliberation et dun aduis vniforme, ont joinct et adjousté aux anciens statuts et ordonnances qui seront inuiolablement gardez et obseruez ceux qui ensuiuent sur les memes peines.

PREMIEREMENT

Les vingt et quatre freres d'augmentation qui seront receus en la ditte confrerie doibuent estre de bonne vie, gens de bien et sans reproche lesquels seruiront auec les quatre vingt saize anciens selon leur ordre et dixaine ainsy quil est porté dans le premier statut.

Chacun des vingt et quatre freres payera à son entrée vingt solz tournois comptant pour estre employez aux choses necessaires pour le maintien et entretien de la ditte confrerie. Chaque dixaine sera composée de vingt freres seruants, tous lesquels sur peine de l'amende portée au premier statut, syls nont excuse legitime, seront tenus et obligez d'assister à la messe de la confrerie tous les dimanches pendant les deux mois quils seront en charge, et ce auec déuotion et bon ordre et auec vn manteau, syls en ont, sur peine damende, afin que dans lexercice de leur charge il paroisse en eux de la deuotion enuers Dieu et les bienheureux Martyrs.

Comme l'institution premiere de la confrerie porte que lon peut receproir associez toutes personnes de lun et lautre sexe en payant par chaque personne à son entree deux sols six deniers et vn solz par chacun an, conformément à ce premier statut; toutes personnes de quelque lieu quils soient seront receus associez en payant leur entrée et vn solz par chacun an, à raison de quoy la confrerie sera obligee de faire dire apres leur trespas pour la desliurance de leur ame, et au plustot apres que les freres en auront esté aduertis, un nocturne et laudes de loffice des morts auec la messe, le tout chanté, et le libera à la fin deuant le crucifix, pourquoy sera payé a celuy qui dira la messe et chantera loffice la somme de et au prestre qui aura sonné le soir precedent et le matin du jour que se dira ledit office et pour ayder a le chanter la somme de sans pourtant qu'aucun des ditz associez puissent prétendre que les freres seruants soient tenus d'assister à leurs inhumations excepté ceux de cette parroisse.

Arriuant le deceds de quelque vn des six vingt freres seruants tous les vingt qui seront en charge seront obligez en personne ou par commis dans le mesme ordre et au mesme estat quil est dit cy dessus pour la Messe d'assister tant au conuoy qu'à l'inhumation du dit frere deffunct sur peine de l'amende portée par le premier et ancien statut.

Quand à l'inhumation des personnes de ceste parroisse qui sont associez en la confrerie, les vingt freres en charge seront diuisez en deux parties, dont il y en aura dix qui y assisteront auec le roy en qualité d'echeuin pendant le premier mois. Les dix autres y assisteront pendant le second mois auec celuy qui aura este receu pour estre Roy l'année suiuante en qualité de preuost, le tout auec le mesme ordre et sur les mesmes peines portees cy dessus.

Et s'il arriue pour lors que la dixaine en charge ne soit complette ny fournie des vingt freres seruants et que ce soit au second mois, une partie des dix du premier mois seruira alternatiuement après auoir esté aduertie afin que rien ne deroge de ce qui est dit cy dessus et ce sur les mesmes peines.

Le sonneur assistera à l'inhumation des freres et seurs associez de cette paroisse comme à celle des freres seruants et luy sera payé pour faire la fosse dvn grand corps la somme de et pour la fosse dun petit corps la somme de par les plus proches parents des deffuncts qui ne pourront prendre vne autre personne à son prejudice pour faire les dittes fosses, et ce pour le soulagement de la confrerie qui autrement seroit obligée de luy faire grande augmentation de gages à raison que sa charge augmente de beaucoup en peine.

Comme tous les freres seruants de la confrerie parlant en general sont demeurants les vns en partie dans les extremitez de cette parroisse, les autres au bout du pont et au Hamel de Cambremont, les autres à Becdal et les autres dans le gros du village et aux enuirons, qui neaumoins sont les vns dune dixaine les autres dvne autre ; syl arriuoit desormais un corps a inhumer soit d'un frere seruant soit d'un associé; comme la confrerie est augmentée non seulement de vingt et quatre freres seruantz mais aussy d'une grande quantité dassociez, le sonneur auroit beaucoup de peine et de trauail, outre quil luy faudroit beaucoup de temps pour aller dun hameau à lautre, du gros du village aux autres extremitez, pour aduertir les freres de la dixaine qui pour lors seroit en charge, pour quoy le payer raisonnablement il conuiendroit luy augmenter de beaucoup ses gages ce qui seroit une grande charge et bien au desauantage de la confrerie. Partant il est necessaire pour obuier a cette peine et à cette despence que les dixaines soient assemblées selon la demeure des freres, par exemple que les freres qui demeurent au hamel soient joints à ceux qui demeurent au bout du pont pour estre dune mesme dixaine, et ainsy du reste de lestendue de la paroisse pour toutes les dixaines, afin quil y aye de lunion non seulement dans le corps de la confrerie, mais aussy dans chacque dixaine, les freres dune mesme dixaine estantz proches les uns des autres. Et en cas que pour cet article il se trouue quelque obstiné contredisant il doibt estre chassé et effacé du nombre des confreres par ordonnance de toute la confrerie assemblée, pour estre receu en son lieu et place un autre plus humble et plus soubmiz que luy.

Les freres receus dans le nombre des six vingt confreres seront obligez dauoir vn frere seruant pour leur commis, lorsquils seront en charge, pour assister en leur place a la messe des dimanches et aux inhumations qui se feront taut des freres seruants que des freres et seurs associez

Quand aux processions solemnelles qui se font aux festes de l'Ascension, du St Sacrement et des glorieux martyrs St Mauxe et St Venerand, tous les confreres, sils n'ont excuse légitime, laquelle toutes fois ils seront tenus de declarer au premier siege, assisteront personnellement ou par commis associé, marchants en rang des deux costez de la rue et portans en la main un cierge orné de fleurs le mieux qui leur sera possible, sur les peines portées par le premier et ancien statuts.

Le chef de chaque dixaine marchera au millieu des deux rangs selon lordre de sa dixaine portant vn cierge pesant une liure non moins, lequel auec le chandelier fera la hauteur de plus de cinq pieds, auquel sera attachée vne placque de bois ou de fer blanc ou seront peintes les images de St Mauxe et St Venerand, le tout sur les mesmes peines.

Pour les confreres ecclesiastiques au regard des dites processions et des Messes de siege de la confrerie ils auront vn frere associé pour leur commis qui portera leur cierge en main et marchera apres le dernier des freres de leur dixaine.

Et pour euiter au desordre et à la confusion qui arriue souuent dans les dittes processions, soit de la part des confreres soit de la part des autres personnes qui y assistent, et pour faire en sorte, syl est possible, que tous les confreres soient tous jours dans vn bon ordre, dans la deuotion et dans la modestie, et pour donner vn exemple de piété aux assistants, il sera bon de faire eslection dun des six vingt frères qui comme vn appariteur fera marcher vn chacun en rang derriere son chef, empeschera qu'aucun des assistants aux processions ne se mesle parmy les confreres et prendra garde qu'aucun des dits confreres ne deuisent ou facent quelque action indecente pour en faire son rapport le dimanche suiuant, sur lequel il sera ordonné selon que jugeront a propos les confreres assemblez, laquelle sentence seront obligez de subir les deffaillants sur peine d'estre effacez du nombre des confreres.

(Signé)

Leprevost. F. Laguette. François Hazé. Le merc de Jan Guerin. Lechien. Morin. Decaux. Hazé. Pierre Hazé. Le sain de Pierre Decaulx. Le merc de Jean Regnoux. Louis Hazé. Romain Leboullenger J. Lechien. Michel Hazé. J. M Piedeuant. J. Barbey. François Hazé. Eudeline. Michel David. Pierre Lecarpentier. Andre Lepaige. Gille Malassis. Jacques de Criquebeuf. Le saing de Jean Rousselin. François Le sain d'Estienne Piedeuant, Anthoine de Criquebeuf. Ysambard Landron. Jean Le Mercier.

Vincent HAZÉ. DELACOUR. François GUÉRIN. François LABIE. M. PIEDEUANT. Le sain de Jacques LEVILLAIN. Pierre GUÉRIN. Le sain de Jacques PETIT. Le merc dAntoine HÉRICHON. Le sain de Leufroy LAGUETTE. Justin MAUJIN. Jacques TARAINE. Le merc de Henry THEROUDE. Chretofle LEFONDEUR. Jean de QUERIBEUF. Artus GODARD.

XXIII

LA MÉTAMORPHOSE

DES NYMPHES DES BOIS D'AQUIGNY EN TRVITES SAVMONNÉES

de la rivière d'Eure qui passe au dit lieu.

A ROVEN, DE L'IMPRIMERIE DE LAURENS MAURRY.

LA MÉTAMORPHOSE

DES NYMPHES DES BOIS D'AQUIGNY.

A Madame

Madame la duchesse de Longueville, estant de present au chasteau du dit Aquigny.

STANCES.

I

Que les ingrats sont odieux
Aux sentiments de tous les dieux,
Puisque dans leurs pleines délices
Ce crime porte leur pouvoir
A livrer aux derniers supplices
Ces cœurs rétifs à leur devoir.

II

On dit un jour que Jupiter
Qu'il ne faut jamais dépiter
A moins qu'aussitost se résoudre
De cheoir en proye aux maux divers
Que fait l'épouventable foudre
De son homicide revers.

III

Ce père ayant jetté les yeux
Sur les plus agréables lieux
De tous les cantons de la terre,
Pour y rencontrer un séjour
Où les fiers rameaux de la guerre
Fissent place aux roses d'amour,

IV

Dans ce globe presqu'infiny,
Sa grandeur ne vit qu'Aquigny
Qui fut digne de ses caresses,
Et le plus propre où le destin,
Pour tous les dieux et les déesses
Luy fist un solemnel festin.

V

Entre Evreux, Gaillon et Louviers,
Eure qui court sur des graviers,
Passe dans ce bourg honorable,
Qui rend ce lieu si gracieux
Que du jour la torche adorable
Ne voit rien d'égal sous les cieux.

VI

Cette vallée a des appas
Où les Parques ne peuvent pas
Estendre aisément leurs ravages,
Tant sont d'accord les élémens;
Les monts, la plaine et les rivages
Y donnent de bons alimens.

VII

Là Cérès jaunit les guérets,
Là Bacchus rougit les clairets,
Diane y fait ses nobles chasses;
Vertomne y fauche ses moissons
Et Palemon a les mains lasses
D'y prendre les friands poissons.

VIII

C'est là que les beaux yeux des fleurs
Font voir ceux de l'Aurore en pleurs;
Là sont les desserts de Pomone,
Et le doux murmure des eaux
Dit aux violons de Crémone
Qu'ils choquent le chant des oiseaux.

IX

Dans le grand pourpris de ce val,
La comtesse Anne de Laval
Bastit son chasteau de plaisance,
Si beau, si riche et glorieux
De l'art qui fait sa suffisance,
Que tout le plan en rit aux yeux.

X

A deux cents pas de ce chasteau,
Pres du fleuve, au haut d'un costeau,
Ganymède couvrit les tables
Dans l'enclos du chasteau Robert,
Tout orné de bois délectables,
Où Zéphir a toujours du vert.

XI

Cybèle d'un soin gracieux
Y porta ses dons précieux,
Là toutes les délicatesses
Qu'ont les mets et les instruments,
Pour tous les dieux et les déesses
N'avoient que des ravissements.

XII

Sitost que le bel Apollon
Porta l'archet au violon,
Les Graces et la Courtoisie
Servirent ce banquet divin
Où le nectar et l'ambroisie
Firent tout l'office du vin.

XIII

Quand le repas fut achevé,
Que chacun des dieux fut levé,
Pour n'oster pas à l'abondance
L'ornement qui lui donne prix,
Jupiter voulut que la dance
Fust l'esbat des divins esprits.

XIV

Lors toutes les nymphes des bois
Dançant aux accords du haut-bois,
Ouvroient leurs cœurs à la victoire:
Mais le concert estant finy,
Jupiter en donna la gloire
Aux nymphes des bois d'Aquigny.

XV

Tous les dieux furent ébahis
Que les nymphes de ce pays
Sur les bocagères déesses
Faisoient enchérir leurs appas,
Et suivoient le mieux les adresses
D'Apollon qui jouoit les pas.

XVI

Jamais, dit-il, je ne pleigny
Ma graceaux nymphes d'Aquigny;
Car chacun les trouve si belles,
Et dit si bien de leur amour,
Que le récit qu'on m'a fait d'elles
M'oblige à leur faire la cour.

XVII

Puis j'entends (leur dit Jupiter),
Pour mieux mes faveurs mériter,
Que votre humeur la plus civile
Honore d'un nouveau balet
La duchesse de Longueville
Au château d'Anne du Rollet.

XVIII

Cet objet du sang de Condé
Et de Bourbon sera fondé
De qualités si souveraines,
Qu'excepté celle des Gaulois,
L'univers n'aura point de reynes
Qui ne doivent aimer ses loix.

XIX

Pallas, sous ses rares vertus,
Verra ses honneurs abatus;

Car si de l'une à l'autre zone
Elle obtient le gouvernement,
Elle ne vit jamais d'amazone
Regner plus souverainement.

XX

Ses celestes perfections
Picqueront vos affections
A lui rendre un dévot hommage;
Car à voir son front radieux,
Vos yeux croiront que c'est l'image
Que Junon a parmi les dieux.

XXI

Puis son duc estant de retour
De Paris, où sera la cour,
Qu'on lui chante une sérénade,
Lorsque joyeux, libre et dispos,
Ou la chasse ou la promenade
Le voudront rendre à son repos.

XXII

Ce héros, Henry d'Orléans,
Plus généreux que les géants,
Aura tant d'heur en sa parole,
Qu'il fera rallier les droits
Qui sont de l'un à l'autre pôle,
Aux appartenances des rois.

XXIII

Son cœur, issu de sang royal,
Sera si ferme et si loyal
Au bonheur de toute la France,
Que le quatorzième Louis
Sous ses soins verra la souffrance
Loin de ses estats réjouis.

XXIV

L'excellence de son esprit,
Dans celui du roy mesme ecrit,
Aura des clartes si parfaites,
Que la paix qu'on ne peut payer,
N'aura ses clauses satisfaites,
S'il n'en fait dresser le cahier.

XXV

Ce prince fera pleinement
Rire sous son gouvernement
Tout le rond de la Normendie,
Tant heureuse durant ses jours
Que nul ne sera qui mendie
Que l'honneur de le voir toujours.

XXVI

Vos devoirs faits à leurs grandeurs,
Ne privez pas de vos ardeurs
Les mérites de la Croisette,
Et pour mieux les rendre immortels,
Il les faut écrire en rosette
Aux corniches de mes autels.

XXVII

Ce Rollet, baron d'Aquigny,
Sera fort à ce prince uny,
Et d'une si constante chaine,
Que sa foy ne lui faillira
Pendant que le fleuve de Seine
Les ponts de Paris mouillera.

XXVIII

Aussi ce prince tant heureux
A cet esprit aventureux
Donnera tant de récompenses,
Qu'un jour son noble revenu
Pourra répondre des dépenses
D'un régiment entretenu.

XXIX

Ces ingrates trop aigrement
Goûtèrent ce commandement,
La troupe des dieux s'en offense,
Blâmant ce fait malicieux,
Et pas un ne prend la défense
De leurs esprits capricieux.

XXX

Aux plus douces à leur devoir
Les destins permirent d'avoir
Les traits de l'humaine semblance,
D'un teint si blanc et tant uny
Que c'est d'où provient l'excellence
Des belles filles d'Aquigny

XXXI

Mais Thémis qui pèse les droits
Aussi bien des dieux que des rois,
Saisit les autres vagabondes,
Et de l'advis de tous les dieux
Condamne à la merci des ondes
L'horreur de leur crime odieux.

XXXII

Ouy, je veux (dit lors Jupiter)
Les voir en l'eau précipiter;
Qu'Eure, des pieds jusqu'en la bouche,

Les métamorphose en poissons,
Et que leurs corps, pour une mouche,
Se fasse prendre aux hameçons.

XXXIII

Je veux que, hors cet élément,
Bacchus les passe en aliment
Qui paisse le goust et la veue,
Et qu'où leur orgueil aboutit,
Entre le nombril et la queue,
Soit le morceau de l'apétit.

XXXIV

Qu'à leur teint le pourpre attaché
Marque la peine du péché
Qui les flétrit et qui m'affronte;
Et pour avoir armé mes mains,
Que leur chair rougisse de honte,
Au conspect de tous les humains.

XXXV

Partant, je veux que cet arrest
Presse le curé de Forest
D'en écrire en vers les paroles;
Car estant enfant d'Aquigny,
Il faut que sa rime et mes rôles
S'en lisent jusqu'à l'infiny.

XXXVI

L'arrest donné, leur front si beau
Perdit sa forme au fond de l'eau,
Puis toutes leurs grâces détruites,
Doride, déesse des flots,
Dans des corps de grandes truites
Cacha leur honte et leurs sanglots.

XXXVII

Combien fut grand leur repentir;
Quand le fleuve leur fit vestir
Tant de paillettes écaillées,
Qu'Iris, l'Aurore et le Soleil
Peignent d'étoiles émaillées
Qui les font connaître à notre œil.

XXXVIII

Or des crimes le dieu vengeur
Fera toujours voir la rougeur
Dans leur chair jadis savonnée,
Pour enseigner aux curieux
D'où la truite saulmonnée
A pris son nom mystérieux.

XXXIX

Quand la princesse en va pescher,
Elles ne peuvent s'empescher
D'avoir un peu l'œil sur sa face,
Dont l'éclat n'a rien de pareil
Qu'une vénitienne glace,
Quand elle est pleine de soleil.

XL

Elles n'ont pas la privauté
D'envisager cette beauté
Durant la moindre part d'une heure,
Que soudain coulant sous les eaux,
Elles vont prendre une demeure
Dessous l'herbe ou dans les roseaux.

XLI

Tous les friands ont beau prier,
Tous les marchands ont beau crier,
Quand on auroit la mort en l'âme,
Ces truites sont en prison;
Mais quand on dit: C'est pour Madame,
La rivière en donne à foison.

XLII

Oh! que leurs regards sont confus
De nos vœux et de leurs refus
Envers le prince et la princesse,
Où leurs ferveurs devoient courir
Pour fuir le sort qui sans cesse
Nous fait vivre et les fait mourir.

XLIII

Mais qu'il en meurt un cent par jour,
Pourveu toujours qu'à nostre amour
La rivière d'Eure en fournisse
Dans tous les temps doux et divers,
Et que sur chacune on bénisse
L'illustre sujet de mes vers.

XLIV

O fleuve et flots bien fortunés !
Doux bain des poissons saulmonnés!
Votre humeur seroit basse et vile,
Si vous ne rendiez grand honneur
Aux altesses de Longueville
Qui vous ont acquis ce bonheur.

XLV

Sus donc, qu'avec nous tous vos
dieux
Chantent, d'un air mélodieux,
Vive le duc et la duchesse,
Dans l'heur d'une éternelle paix,
Et qu'ils en causent la richesse
Au sceptre françois pour jamais!

Madame,
de Votre Altesse,

Le très-humble et
très-obéissant serviteur.

Piedevant, d'Aquigny,
curé de Forest.

Le 1 de l'an 1655.

M. E. Frère mentionne sept autres pièces de vers publiées par Piedevant. Dans l'une d'elles il fait en passant l'éloge de son *vin d'Acquigny*.

XXIV.

Restaurato adornato que templo : ob innumera
Collata sibi denuo beneficia, ac præsertim
ob susceptum ipsa nocte pentecostes anni proxime
elapsi filium : nempe ut servetur acceptus Deo
per omnia, sacris que spiritus sancti, cujus
insignitus est nomine, donis perpetuo gloriari
mereatur. In solemne et gratitudinis et desiderii
pignus hoc altare munificentissimo Deo sacrum
in honorem sanctæ Cæciliæ virginis et martiris
extruxit Petrus Robertus Le Roux D'Esneval
D'Acquigny in supremo Normanniæ senatu
præses infulatus nec non hujus ecclesiæ dominus
et patronus, una cum dilectissima conjuge Francisca
Catharina Clerel de Rampen anno ab incarnatione
Domini millesimo septingentesimo quadragesimo
octavo, qum regnaret in Gallia Ludovicus
decimus quintus, sedem que episcopalem Ebroïcis
teneret D D Petrus Julius Cæsar de
Rochechouart.

En tête de la plaque de cuivre on voit gravé un Saint-Esprit, et au bas les armes de M. d'Acquigny et celles de sa femme.

XXV

L'an mil sept cent soixante-dix-neuf, le sixième jour de mars, par la permission de son Eminence Monseigneur de la Rochefoucault, cardinal prêtre de la sainte église romaine, archevêque de Rouen, primat de Normandie, abbé, chef, supérieur général et administrateur perpétuel de l'abbaye et de tout l'ordre de Cluny, la dite permission en date du deuxième jour de mars de la présente année mil sept cent soixante-dix-neuf, signée Terrisse, vic. gén., et contresignée Aubry et scellée du sceau de son Eminence, ont été transférés de l'église de Notre-Dame-du-Val de la ville de Rouen, qui appartenait aux religieux Célestins avant leur suppression, et conduits en cette église paroissiale de Sainte-Cécile d'Acquigny, par M. Jean le Tellier, prêtre chapelain de ladite église d'Acquigny, onze cercueils de plomb, lesquels renferment les corps de plusieurs de la famille de messieurs le Roux, seigneurs de Tilly, Villette, Becdal, Cambremont, Vironvey, Mesnil-Jourdain, Acquigny, etc. Du nombre desquels sont les corps de messire Robert le Roux, escuyer, seigneur des terres de Tilly, du Mesnil-Jourdain, Villette, Becdal, Cambremont, de Vironvey, Folleville et autres terres, conseiller du Roy en son parlement de Normandie, décédé le vingt-quatre mai mil six cent trente-huit, âgé de soixante-six ans.

De la dame son épouse, Marie de Bellièvre, fille de Messire Pompone de Bellièvre, ambassadeur en Suisse, Pologne, Angleterre, plénipotentiaire à la paix de Vervains et chancelier de France, et de Marie Prunier de Saint-André; laquelle Marie de Bellièvre décéda le premier décembre mil six cent quarante-deux, âgée de soixante-six ans.

De leur aisné fils Robert le Roux de Tilly, chevalier, conseiller au grand conseil, décédé le quatre juillet mil six cent soixante-seize, âgé de soixante-quatorze ans.

De son fils Robert le Roux, chevalier, conseiller au parlement de Rouen, décédé le treize juin mil six cent soixante-seize, âgé de quarante-sept ans.

De messire Claude le Roux, chevalier, seigneur de Cambremont, baron d'Acquigny, conseiller du roy en son parlement de Normandie, décédé le cinq avril mil six cent quatre-vingt-neuf, agé de soixante-quinze ans, quatrième fils de Robert le Roux de Tilly et de Marie de Bellièvre.

De la dame son épouse Madeleine de Tournebu, décédée le trois janvier mil six cent soixante-un, fille de messire Anne de Tournebu, baron de Livet, seigneur châtelain de Bouges, président aux requêtes du palais à Rouen, et de dame Françoise de Prunelé, vidame de Normandie, baronne d'Esneval, vicomtesse de Comblisy, dame châtelaine de Pavilly.

De dame Marguerite le Cordier de Bigars, première femme de messire Pompone le Roux, vicomte de Comblisy, et de demoiselle de Comblisy sa fille, qui décédèrent le sept octobre mil sept cent.

De messire Pompone le Roux, chevalier, seigneur, vicomte de Comblisy, châtelain de Buxeuil, seigneur et patron de Vironvey, colonel du régiment de Luxembourg, décédé le onze janvier mil sept cent treize, âgé de cinquante-neuf ans.

De Dame Catherine Grossin, seconde femme et veuve de messire Pompone le Roux, vicomte de Comblisy, décédée le 23 décembre mil sept cent trente-sept, âgée de cinquante-neuf ans.

Et a été aussi transféré le même jour et apporté des Célestins de Rouen par le dit M. le Tellier, prêtre, une boîte d'argent gravée aux armes de Messieurs le Roux, et qui renferme le cœur de messire Pompone le Roux de Tilly, seigneur châtelain du Mesnil-Jourdain, comte d'Argilés en Catalogne, lieutenant-général des camps et armées du Roi et gouverneur de Collioure, troisième fils de Robert le Roux de Tilly et de Marie de Bellièvre. Il décéda à Pezénas le 19 janvier mil six cent cinquante-six, âgé de cinquante-deux ans, lequel cœur, avec les onze corps enfermés dans les onze cercueils ci-dessus mentionnés, ont été par moi prêtre, curé de

Sainte-Cécile d'Acquigny, soussigné, inhumés dans le caveau qui est sous le chevet de cette église, derrière le grand autel, et destiné à la sépulture de cette noble famille; présence de messire Pierre Robert le Roux d'Esneval, chevalier, baron d'Acquigny et du Bois-Normand, marquis de Gremouville, seigneur de Becdal, Cambremont, Mesnil-Jourdain, Vironvey, Yvecrique, et président à mortier honoraire du parlement de Rouen, et de M. François-Clair Dagoumer, notaire garde-nottes à Louviers, de M. Jean Letellier, prêtre chapelain de l'église d'Acquigny, qui a conduit les susdits corps depuis l'église des Célestins de Rouen jusqu'en celle de cette paroisse, et présence des autres témoins soussignés.

Signé : Dagoumer, le Roux d'Esneval d'Acquigny, Foulon, curé de Villette, le Tellier, prêtre, Minet, ancien curé de Saint-Etienne, J. Grandhomme, curé de Cavoville, Hauang, vicaire d'Acquigny, Faucon, curé d'Acquigny.

TABLE DES MATIÈRES.

www.ingramcontent.com/pod-product-compliance
Lightning Source LLC
LaVergne TN
LVHW021718230826
846091LV00003BA/781
9782013015042